應用外語
12

日語
語言學概論

王敏東／著

にほんご

五南圖書出版公司 印行

作者簡介

現任：

　　國立臺灣科技大學應用外語系（所）專任教授

　　國防醫學院通識教育中心兼任教授

曾任：

　　國立臺中科技大學應用日語系日本市場暨商務策略
　　研究所專任教授

　　銘傳大學應用日語學系（所）專任教授

　　銘傳大學應用日語學系（所）主任

　　中國文化大學日本語文學系（所）兼任副教授

最高學歷：

　　日本國立大阪大學文學部國文學專攻國語學講座
　　博士

前言 兼凡例 Preface

　　本人在大學日語系及研究所主要使用日語原文教材開授多年日本語學的相關課程，回想自己初次接觸該領域時的懵懂，總覺得要是能有一本用自己母語撰寫的日本語學的書籍，應該不但可以更深入了解日語這個語言，更可進一步地享受日語的趣味與美好。此次很高興應五南出版社之邀能實現這個學生時期以來的夢想。

　　本書由語言學角度導入日語在世界各語言中的位置，再融入日本傳統國語學及日本語學概念，從日語發音（音聲·音韻）、文字、語彙、文法、文章（談話）、表現等各層面剖析日語，並就社會語言學、語言與文化、語料庫與計量語言學及認知、語言教育觀點分別討論日本語學的不同面向。每一章內容安排由淺入深，除各領域基礎知識的介紹外，並附有練習題幫助學習。各章以中文撰寫且附上日本語學重要概念或專有名詞的日文，書末並羅列日本語學上重要概念的中、日文索引。本書也提供導遊、領隊考試試題中與日本語學相關主題之考題訊息，除為日本語學實用之佐證外，亦可為同學應考之參考。

本書的順利完成除要感謝五南出版社的邀請外，也非常感謝臺灣大學醫學院耳鼻喉科許巍鐘醫師在音聲領域給予的專業監修指導，幫忙打字、查資料的臺中科技大學應用日語系林敬瑄、廖俊棋兩位同學，以及幫忙繪製插圖的神戶大學碩士、目前爲銘傳大學應用日語學系兼任教師的林益泓老師。

　　竭誠希望本書能成爲大學日語系、甚至研究所師生利用參考的好夥伴。

作者　識於臺北
王敏東
2015 年早春

目次　Contents

導遊、領隊考試試題中與日本語學相關之考題

（不含文法、敬語，詳見第 140 頁註釋❸）

102 年　領隊考試 選擇題**慣用表現**。導遊考試 選擇題**慣用表現**。

101 年　領隊考試 選擇題**慣用表現**。導遊考試 選擇題**慣用表現**。

100 年　領隊考試 選擇題**慣用表現**、讀解問題**語源**（「真っ赤な
　　　　ウソ」）。導遊考試 選擇題**慣用表現**。

99 年　　領隊考試 選擇題**慣用表現**、讀解問題**非語言的溝通、異
　　　　文化溝通。

98 年　　領隊考試 選擇題**慣用表現**。導遊考試 選擇題**慣用表現**。

97 年　　領隊考試 選擇題**慣用表現**。導遊考試 選擇題**慣用表現**、
　　　　讀解問題**認知**。

96 年　　領隊考試 選擇題**慣用表現**。導遊考試 選擇題**慣用表現**。

95 年　　領隊考試 選擇題**慣用表現**、讀解問題**辭書、翻譯**。

94 年　　領隊考試 選擇題、讀解問題**慣用表現**。 導遊考試 選擇
　　　　題**慣用表現**。

93 年　　領隊考試 選擇題**慣用表現**。

第一章　語言學中的日本語學

　　人藉由語言可以傳達高度精密及大量的訊息，累積知識，甚至形成文化。我們的生活與語言息息相關，從一早起床「早安！」問候的音聲語言【音声言語】，到從小到大各種筆試測驗需要用到的文字語言【文字言語】，都是語言的一部分。我們在家會使用的母語【母語】（mother tongue）❶，英文課學習的英文，以及日語系同學的學習目標語言【目標言語】（target language）日語都是語言。語言到底是怎麼來的？不同語言有無共通之處？日語在世界各個語言中居於什麼樣的位置？有了語言相關的專業知識，對於我們學習其他語言甚至文化乃至日常生活有甚麼助益？

第 一 節　語言的來源

　　關於語言的起源，自古即有神授說，但人們並不因此而滿足，其他對於語言的來源主要有以下幾種說法：

(1)模仿自然界各種聲音的擬聲說，模仿音聲理論【ワンワン説】（bow-bow theory）。

---

❶ 母語通常是學習者生下來以後最初接觸的第一語言【第一言語】（first language）。

(2)人們因喜怒哀樂等各種感情自然發出的聲音，情緒呼叫理論【ブーブー説】（pooh-pooh theory）。

(3)起源於勞動、工作、用力或相互吆喝鼓勵時發出的聲音，合作勞動理論【よいこらしょ説】（yo-he-ho theory）。

(4)起於原始哼唱等的歌聲「啦啦啦說」【ラララ説】（la-la-la theory）。

(5)手勢發展先於口語的手勢理論（the gesture theory）

上述各說法深受達爾文（1859）《物種源起》的影響，似乎都有道理，然而並無科學根據，僅止於臆測，又無法涵蓋解釋語言的所有面向。最重要的是，目前沒有直接證據能夠充分支持其中任何一種說法，因此只能說對於語言的來源，至今尚無定論。

第 二 節　語言的親族關係及語言的類型

探討語言親族關係的學問屬比較語言學【比較言語学】（comparative linguistics）的領域❷。關於日語的來源有北方系統說【北方系統説】和南方系統說【南方系統説】。所謂北方系統說認為日文同阿爾泰語一樣具有「字頭不會出現 r 的音」、「沒

---

❷ 對照語言學【対照言語学】（contrastive linguistics, contrastive analysis）則不介意兩個以上的語言間是否為同系語言，僅比較其間異同，研究成果對雙語、機械翻譯、外語教育等均能提供貢獻。有關於中日語的對照研究有 1976 年以來的日中對照研究會【日中対照研究会】。

有文法上的男性名詞或女性名詞的區別」、「沒有冠詞」、「修飾語在被修飾語之前」、「受詞在動詞之前」等共通的特色，因此認為日語應屬北方阿爾泰語系。而南方系統說則關注日語及馬來玻里尼西亞語族（南島各語）間的關係，從音韻【音韻】的角度來看，南島各語的音韻構造單純，此點與日語接近，並且在如【手】（柬埔寨語作「dai」、越南語作「tai」）身體語彙等各基本的詞彙上呈現極高的相似度。誠如前述，日語的北方系統說與南方系統說各有佐證可以說明日語與阿爾泰語或馬來玻里尼西亞語相似的部分，但卻也各有無法完全解釋說明的部分，如日語和阿爾泰語的音韻構造全然不同，幾乎找不出兩者的音韻對應，日語和馬來玻里尼西亞語間仍抽不出音韻間清楚整齊的對應關係，另外在文法層面上也相當不同。因此就這個層面而言，日語可能是孤立於世界各國語言之間，與任何語言均無親屬關係的語言。或有人主張日語是融合北方語言與南方語言而來的語言。

　　探討世界各語言間異同點的研究分野稱作語言類型論【言語類型論】（linguistic typology）。語言的古典類型論將語言分成屈折語【屈折語】、膠著語【膠著語】和孤立語【孤立語】。屈折語是像希臘文或梵文（Sanskrit）等，基本上語是由語幹和接辭接合而有語形變化的語言，但語幹和接辭兩者的連接又非常地緊密到幾乎分不出彼此的程度，在句中如與性、數、格等呼應般明示與其他語詞間的關係。而膠著語是類似像土耳其文，語幹視需要添加各種接辭，語幹和接辭的區隔非常明顯，日文也是膠著語。孤立語是像中文等沒有語形變化的語言。

我們熟悉的中文不像日文有助詞【助詞（じょし）】及語尾變化【語尾変化（びへんか）】等來幫助文意表達及理解，但如前所述，中文因為基本上沒有這些附屬的要素，所以語順【語順（ごじゅん）】顯得非常重要，比如「我愛你」跟「你愛我」的意義就不同，但日文只要藉由助詞、助動詞構成的文節【文節（ぶんせつ）】一組一組的跟好，【私はあなたを愛（わたし）（あい）している】、【あなたを私は愛している（わたし）（あい）】或【愛している私は（あい）（わたし）あなたを】都合文法，且表達的意義也一樣。不過習慣上，類似【私（わたし）はコーヒーを飲みます（の）。】這種將主詞（subject）放在最前，受詞（object）置中，動詞（verb）放在最後的 SOV 的結構是最為一般的，而中文則基本上是 SVO（如「我要喝咖啡。」）的結構。而世界上和日文一樣基本為 SOV 結構的語言最多，約占半數，次多的則為 SVO 型，接近 4 成，而 VOS 的大概僅占不到二成。

第 三 節　日語的語言人口

　　以日語為母語的人口約一億三千萬人，居世界各語言人口的 10 ～ 11 位。而學習日語的人口據說已超過三百萬。相對地，以中文為母語的人口最多，大約有十三億，其次為英語的五億一千萬人。而英語的學習人口大約在七億到十億人。另外，有人將使用某種語言區域的國民生產總額（GNP）除以世界的 GNP，所得的數字稱作語言的經濟力【言語（げんご）の経済力（けいざいりょく）】。

日本人稱他們自己的語言叫國語【国語】，但對外國人而言日語並不是自己國家的語言，所以稱日文作【日本語】，換句話說日文中的【国語】與【日本語】的內涵指的是同一個東西，但適用的對象不同。

第 四 節　日本語學概述

語言不僅止於思想的傳達，更是文化的承載體，語學的基礎研究成果除可直接嘉惠於語言教育外，更是透析使用該語言族群生活、思考模式及文化的重要資料。通曉日本語學的知識性格，或與他國語言比較，可以對日本文化、甚至日本本質與整體有直接而深入的認識。

日本傳統的「國語學」多講述日語的音韻、文字、語彙及文法，且重視自記紀（【『古事記』】及【『日本書紀』】）、萬葉（【『万葉集』】）等以來至平安時期、中世、近世等各時期的語言樣貌及變化，有些傳統國語學書籍會在最後設有「語言生活」（【言語生活】）章節，其中有些內容介紹媒體等現代科技影響甚至改變現代日語樣貌的情形。

近年日本語學研究不再僅侷限於傳統國語學範圍，不少年輕學者在既有傳統國語學研究上另加上如認知、語言習得甚至腦科學等的層次，使用的工具也隨著科技的進步善用網路、電子語料庫或統計軟體等。而原為日本語學分支的日語教育學除運用語學研究的成果外，更加上教育現場實際經驗的反饋，使得日本語

學整體的涵蓋面向更廣且更深。

　　基於上述背景，本書基本架構除承傳傳統國語學的精神之外，也探討最近的研究動向，比如在「音聲」章節的討論中介紹音聲電子語料庫及線上軟體研究事例，在「語彙」章節中揭示目前可供利用的電子語料庫資訊❸，在「文法」章節中述及語用論等的範疇，另也設有「語料庫與計量語言學」、「腦與認知」、「異文化溝通」、「語言習得」、「雙語」等的章節。

---

❸ 其實語料庫視研究方向、主題，亦可用於文法、文章、談話等的研究，詳可見本書各相關章節。

1. 試以日語爲例，舉出日語的哪些部分分別可以爲各種語言來源說法的例證或反證。

2. 試說明「志明打春嬌」跟「春嬌打志明」、「你好嗎」「好嗎你」「嗎（媽？）你好 ╳」「你嗎（媽？）好 ╳」「好你嗎（媽？）╳」等各自的意義及異同，再分別將其翻譯成日文，並進而觀察說明中、日文語順結構的不同。

延伸課題

1. 屬膠著語的日語，基本上是由自立語【自立語（じりつご）】及附屬語【付属語（ふぞくご）】所組成，且爲自立語在前、附屬語在後，如【私（わたし）は７時（しちじ）に家族（かぞく）と朝（あさ）ご飯（はん）を食（た）べました。】，其中【私（わたし）】【７時（しちじ）】【家族（かぞく）】【朝（あさ）ご飯（はん）】【食（た）べる】是自立語，【は】【に】【と】【を】（助詞）和【～ます】（助動詞）是附屬語。不少的例子都顯示基本上日文大多呈「自立語＋附屬語」形成一個文節，再由文節形成句子。那麼，對於【私（わたし）は今朝（けさ）７時（しち）に家族（かぞく）と朝（あさ）ご飯（はん）を食（た）べました。】或【私（わたし）はいつも７時（しちじ）に家族（かぞく）と朝（あさ）ご飯（はん）を食（た）べた後（あと）、８時（はちじ）に一人（ひとり）で学校（がっこう）へ行（い）く。】、【桜（さくら）はきれいに咲（さ）いている。】、【もうこれ以上（いじょう）は飲（の）ませられないだろうと思（おも）った。】等句子要如何解釋其各自的「自立語」和「附屬語」、甚至文節的關係？

提示

【ヒント】→時枝誠記【時枝誠記（ときえだもとき）】氏之文法論，北原保雄氏階層的モダリティ論。

2. 日本的學生在日本的學校所學的「國語」和我國的日語系同學在日本以外的地區所學的「日（本）語」有何不同？

008

參考文獻暨延伸閱讀 （語言別 / 年代順）

● 中文

▸ 謝國平（1986 再版）《語言學概論》三民書局
▸ 顧海根（2000）《日本語概論》三思堂

● 日文

▸ 金田一春彦（1957（1985 四十二刷））『日本語』岩波新書
▸ 加藤彰彦・佐治圭三・森田良行（1989）『日本語概説』桜楓社
▸ 森岡健二・宮地裕・寺村秀夫・川端善明（1992 年四版）『講座日本語学　1 総論』明治書院
▸ 泉均（1999）『やさしい日本語指導 9 言語学』凡人社
▸ 伊坂淳一（2000 初版 5 刷）『ここからはじまる　日本語学』ひつじ書房
▸ 北原保雄・徳川宗賢・野村雅昭・前田富祺・山口佳紀（2000 三十四版）『国語学研究法』武蔵野書院
▸ 玉村文郎（2000 第 10 刷）『日本語学を学ぶ人のために』世界思想社
▸ アークアカデミー編（2002）『合格水準　日本語教育能力検定試験用語集　新版』凡人社
▸ 佐治圭三・真田信治（2004）『異文化理解と情報』東京法令出版
▸ 佐藤武義（2005）『概説　現代日本のことば』朝倉書店

▸藤田保幸（2010）『緑の日本語学教本』和泉書院
▸日中対照研究会（http://www.jccls.net/）（2014.3.15）

第二章　音聲、音韻

　　音聲（Voice）是人類為了溝通而使用發聲器官所發出包含語言（發聲）及部分非語言的聲音（Sound）[1]。在許多不同的音聲中，我們只用幾十個不同的音聲來當作說話時的基本單位，即所謂語音（speech sound）。

第 一 節　音聲與音韻

　　音聲學【音声学】（おんせいがく）（phonetics）主要闡明人如何發出聲音，並得以瞭解其意義的過程，是探究實際語音的學問；而音韻學【音韻学】（おんいんがく）（phonology）則是系統性、構造性地掌握某一語言音的研究，是抽象的概念。比如同學拿著一枚斬新的十元硬幣，老師拿的是一枚老舊發黑的十元硬幣，當兩枚硬幣同時掉在地上，我們可以很清楚地分辨出新硬幣是同學的、舊硬幣是老師的。但當同學和老師各自拿著自己的新舊硬幣投入自動販賣機內，同樣都可以買到價值十元的商品。這個例子若用在音聲及音韻上，同學的新硬幣和老師的舊硬幣分別代表了實際的發音，相

---

[1] 比如咳嗽是使用音聲器官所發出的非語言音，但其並不是為了與人溝通而發出的，所以不是音聲。但如果某人刻意地清喉嚨發出咳嗽聲企圖傳達「阻止對方做某事」或「提醒別人自己的存在」的溝通訊息，則此時的咳嗽雖非言語音，但卻可算作是音聲。

當於音聲，而自動販賣機可以辨識這兩枚硬幣都在其認可的十元範圍內，相當於音韻。

第 二 節　音聲

　　音聲學研究通常可分為構音音聲學【調音音声学】（articulatory phonetics）、音響音聲學【音響音声学】（acoustic phonetics）及聽覺音聲學【聴覚音声学】（auditory phonetics；Perceptual phonetics）。討論的分別是音聲的產出（production）、傳播（propagation）和知覺（perception）。

構音音聲學	1	主觀的手法	
	2	映像觀察的手法	如 X 光、MRI 等
	3	生理的手段	
音響音聲學			
聽覺音聲學	1	心理的手法	
	2	生理手法	如腦波解析法、腦磁計（MEG）、PET

（一）音聲器官

　　構音音聲學是研究說話者如何透過發音器官【音声器官】（speech organs）來發出言語音的學問，主要是從發音生理分析語音。音響音聲學是物理性地分析語言聲波的學問。而聽覺音聲學則是鑽研聽話者如何接收、認知語音的學問。

　　發音器官有些能動有些不能動，包含唇、口腔、鼻、喉等，

其中動作最大的應屬舌頭。口腔、鼻腔及喉腔是發音的共鳴腔道。圖1為發音器官的剖面圖。其中聲帶【声帯】（せいたい）（vocal cords; vocal folds）位於喉頭處，是一左右成對黏膜狀的筋肉塊，呼氣如何通過聲帶是影響言語音特徵的重要關鍵。左右聲帶間的空間稱作聲門【声門】（せいもん）（glottis），呼吸時左右聲帶呈張開狀態，當我們發無聲音【無声音】（むせいおん）（voiceless sound）時聲門即接近這樣的狀態。當我們使呼氣通過輕輕閉合聲帶從而振動聲帶，聲帶再給予呼氣振動時所發出的音便是有聲音【有声音】（ゆうせいおん）（voiced sound）。亦即有聲音或無聲音取決於聲帶的振動與否❷。

　　口腔內部含齒、齒莖、舌及口蓋，口蓋又分硬口蓋及軟口蓋。

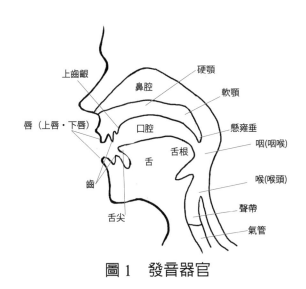

圖1　發音器官

---

❷ 但有一些沒有聲帶或聲帶受傷的人還是可以發出音聲（如食道語）。

而對於影響發聲功能之疾病的預防及治療等則有包括音聲醫學（phoniatrics, vocology）等的專業領域。

（二）單音

　　音聲學上的最小單位稱作單音【単音】，通常放在［ ］的引號內表示。單音又可分為母音【母音】（vowel）及子音【子音】（consonant），母音是氣流通過音聲器官時，音聲器官不做任何閉鎖，口腔開放時自然發出的有聲音。相對地，子音是聲音（或氣流）通過音聲器官的過程中，音聲器官的某處（調音點【調音点】（point of articulation））呈閉鎖或狹窄狀阻礙氣流所發出的言語音，伴隨著聲帶的振動與否又分為有聲子音【有声子音】及無聲子音【無声子音】。另一方面，當某個母音急遽變化到另一個母音時，中間移動的部分所聽到的「y」、「w」等的音則為半母音【半母音】（semivowel）。

　　日文的母音有 5 個，相對於世界上其他語言算是少的[3]，這 5 個母音依舌頭的位置及口形的開合大小做調節，基本上可以用圖 2 的方式呈現，由於圖形約呈三角形，所以稱作母音三角形【母音三角形】。

---

[3] 接近 7 成的語言含 6 個以上的母音。

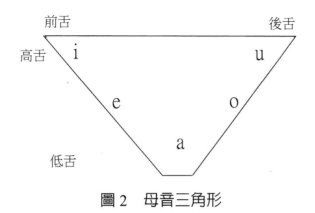

圖2　母音三角形

　　標記母音或子音的記號稱作音聲記號【音声記号】，其中
世界共通且最具代表性的是由國際音聲協會制訂的國際音聲字母
【国際音声字母】（International Phonetic Alphabet; IPA）。而日
文中主要的母音及子音若以國際音聲字母來標記的話，則可以表
1呈現。

表 1　日語的單音（子音及母音）

調音法[調音法]		調音點 雙唇音[両唇音]	齒・齒莖音[歯・歯茎音]	齒莖硬口蓋音[歯茎硬口蓋音]	硬口蓋音[硬口蓋音]	軟口蓋音[軟口蓋音]	聲門音[声門音]
子音 破裂音[破裂音]	無聲	p	t			k	ʔ
	有聲	b	d			g	
摩擦音[摩擦音]	無聲	ɸ	s	ʃ(ɕ)	ç		h
	有聲	w	z	ʒ(ʑ)	j		
破擦音[破擦音]	無聲		ts	tʃ			
	有聲		dz	dʒ			
彈音[弾き音]	有聲		r				
鼻音[鼻音]	有聲	m	n		ɲ	ŋ	
母音 狹母音[狭母音]	有聲				i	u	
半狹母音[半狭母音]					e	o	
廣母音[広母音]						a	

016

其中要注意的是日文的 [u] 不是圓唇音，此外，日文沒有唇齒音。

第 二 節　**音韻**

（一）音素

音韻的最小單位稱作音素【音<ruby>素<rt>おん そ</rt></ruby>】（phoneme），通常放在 / / 內來呈現。音素為意識上辨別意義的最小語音。比如日語 /t-i-k-u/ 和 /n-i-k-u/ 中僅 /t/ 和 /n/ 的部分不同，但就足以顯現【<ruby>地区<rt>ち く</rt></ruby>】和【<ruby>肉<rt>にく</rt></ruby>】的不同，若再繼續加上 /s-i-k-u/（跟 /n-i-k-u/ 比較），又可看出僅 /s/ 和 /n/ 的不同就形成【<ruby>敷く<rt>し</rt></ruby>】和【<ruby>肉<rt>にく</rt></ruby>】兩個意義不同的單字，或再轉換母音的部分，/s-i-k-u/ 跟 /s-a-k-u/ 比較，其中僅 /i/ 跟 /a/ 的部分不同就分別表示了【<ruby>敷く<rt>し</rt></ruby>】和【<ruby>咲く<rt>さ</rt></ruby>】兩個不同意義的單字，若依此方式逐一做下去，便可抽出日文中足以辨別意義的各個音素。像這樣類似前述 /t-i-k-u/ 和 /n-i-k-u/ 這種一組單字中僅一個地方不同就形成兩個意義完全不同的單字組稱作最小對【<ruby>最小対<rt>さいしょうつい</rt></ruby>；ミニマルペア】（minimal pair）。而語音上得以辨別意義的，稱做對立【<ruby>対立<rt>たいりつ</rt></ruby>】。

日語的音素總共包含以下這些，基本大約 1 個羅馬字母相當於 1 音素：

(1) 母音音素 /i,e,a,o,u/ 共 5 個。可以單獨形成拍，也可和其他音素結合。

(2) 子音音素 /p,b,t,d,c,k,g,s,z,h,r,m,n/ 共 13 個。恆常與其他

音素結合。

(3) 半母音音素 /j,w/ 共 2 個。

(4) 特殊音素 /N,Q/ 共 2 個。也有學者將長音也列入此特殊音素的，這些特殊音素無法單獨形成拍，是日語的特殊的音素。

　　而受西洋語發音的影響，也產生了如【ウィ】、【ウォ】（[wi]、[weo] 或 [wei]、[wo]）等的音。

　　另外，比如仔細觀察日語中【秋刀魚<ruby>秋刀魚<rt>さんま</rt></ruby>】【サンタ】【三階<ruby>三階<rt>さんがい</rt></ruby>】中的三個【ン】的發音其實並不一樣，【秋刀魚<ruby>秋刀魚<rt>さんま</rt></ruby>】中的是 [m]，【サンタ】中的是 [n]，而【三階<ruby>三階<rt>さんがい</rt></ruby>】中的是 [ŋ]，但在日語中即使實際發音分別爲 [m][n][ŋ] 三個不同的音，但並不具辨別意義的功能，因此只要用 /N/ 來表現便已足夠，像這樣的情形，[m][n][ŋ] 互爲異音【異音<ruby>異音<rt>いおん</rt></ruby>】（allophone），而三者呈現互補分布【相補分布<ruby>相補分布<rt>そうほぶんぷ</rt></ruby>】。

（三）音節、拍

　　音節【音節<ruby>音節<rt>おんせつ</rt></ruby>；シラブル】（syllable）是指發音動作上在感覺意識中所形成的音的區塊。英語即以音節【シラブル】爲基本區塊，例如 strike 爲一個音節，母音前後包夾著子音，子音前後還可以連接子音，基本上是「子音＋母音＋子音」（CVC）的閉音節構造。

　　相對於此，日文通常以拍【拍<ruby>拍<rt>はく</rt></ruby>；モーラ】（mora）來當作音韻上的單位，拍（モーラ）具有一定的長度（等時性），一拍

相當於一個假名（發音時）的長度，基本上是時間上等長的相對長度，而撥音【撥音】/N/、促音【促音】/Q/ 及長音【長音】/R/ 則爲特殊拍。日文基本上每一拍是由母音結束，也就是由「子音＋母音」（CV）而形成所謂的開音節（open syllable）構造。以下表2列出日文的拍。

表2　日文的拍（モーラ）

a	i	u	e	o	ja	ju	jo	(je)	wa	(wi)	(we)	wo
a	i	u	e	o	ja	ju	jo	(je)	wa	(wi)	(we)	wo
ha	hi	hu	he	ho	hja	hju	hjo	(hje)	(hwa)	(hwi)	(hwe)	(hwo)
ga	gi	gu	ge	go	gja	gju	gjo		(gwa)			
ka	ki	ku	ke	ko	kja	kju	kjo		(kwa)			
a	i	u	e	o	ja	ju	jo					
da	(di)	(du)	de	do		(dju)						
ta	(ti)	(tu)	te	to		(tju)						
na	ni	nu	ne	no	nja	nju	njo					
ba	bi	bu	be	bo	bja	bju	bjo					
pa	pi	pu	pe	po	pja	pju	pjo					
ma	mi	mu	me	mo	mja	mju	mjo					
za	zi	zu	ze	zo	zja	zju	zjo	(zje)				
sa	si	su	se	so	sja	sju	sjo	(sje)				
(ca)	ci	cu	(ce)	(co)	cja	cju	cjo	(cje)				
ra	ri	ru	re	ro	rja	rju	rjo					
	N	T	R									

＊取自金田一春彦（1988：90）。

【イクラ】【サンプル】【砂糖屋】【里親】用日文音韻

概念的【モーラ】或英文音節（【シラブル】）的概念計算，數量未必相同。如前述在英文中爲一個音節（【シラブル】）的strike，若轉化爲日文的外來語，爲了要符合日文「子音＋母音」（CV）的基本構造，則變成【ストライキ】（或【ストライク】）5個【モーラ】。

（四）音調

　　重音【アクセント】（accent）是指每個單字中約定俗成的、相對高低或強弱輕重的關係。日文的重音是高低型，可分爲起伏式和平板式，起伏式又可分爲頭高型、中高型和尾高型。若以日文共通語（東京語）來看，一個單字內必定有高低的變化，基本上第一拍和第二拍的高度必定不同，一個單字內最多只有一處是高的，稱作【アクセントの滝】。

　　日文的重音（在音韻學的層次上）具有辨別意義的功能，如【雨】和【飴】在聽覺上僅因重音不同，便得以分曉其分別代表不同的意義。另外，日文的重音還具有區隔單字統括的機能。比如【マイニチシンブンヲヨム】即因重音的不同可以解釋爲【毎日、新聞を読む】或【『毎日新聞』を読む】。

　　（超過單字範圍）句子內音的高低稱作語調【イントネーション】（intonation），而在句中對於特別想要強調的部分加強發音則稱作【プロミネンス】（prominence）。

第 四 節　小結與展望

　　由於日語的發音單純，使得其 1 音節的語較少，另外也容易形成較多的同音詞，這些在本書「語彙」的章節會討論到。

　　而實際音聲的部分，各種的語音可以用比如聲譜儀（sound spectrograph）等的儀器進行定量觀測，近年則出現如 Praat 等軟體[4]。

　　另外，語言感受的運動理論（motor theory of speech perception）指出，當我們聽到語音時，可能會考慮我們要發出相同的聲音時該做哪些動作，因此常用帶念、跟述等的教學手法進行外語教學。另有相關研究顯示如果目標語言中包含母語中沒有的辨音成分（音素等）則容易造成學習者辨識甚至表出該語音時的困難[5]。至於語音透過聽覺系統傳入腦中是經過怎樣的處理辨識，則有一些心理學及腦科學相關的研究。

---

[4] 如陳相州（2010）即利用【日本語話し言葉コーパス】及 Praat ver.5.0.38 論析【でも】在日語談話中的機能。

[5] 如有邱學瑾（2012）等對臺灣人日語學習者辨識日語的相關研究。潘心瑩（2012）則檢驗出中文母語話者在學習日語時重音會受母語（中文）的影響，但適度的日語重音教育是有幫助的。

1. 請以手指輕放於喉頭前試著發出 [a]、[i] 或 [p]、[b]、[k] 音來確認聲帶是否振動。

2. 請你的日本朋友念一下「吃飽了」，聽起來會像「吃跑了」嗎？試以音韻學的角度加以解釋。

3. 日語無唇齒音，那麼當外來語想要呈現洋文原文中的 [f] 或 [v] 時，通常會變成怎樣的日語發音？試試發出 violin 或 file 及其變成日語外來語時的音。

4. 試從音韻、【拍；モーラ】等角度說明日文【病院】及【美容院】的不同。

5. 日文（共通語）的【日】【火】及【橋】【箸】【端】在發音上各有何不同。

提示

【ヒント】→若在單字範圍內無法分辨，可試著拉長範圍，如在這些詞後加上助詞，甚至形成句子來觀察。

延伸課題

1. 請試想爲什麼英文 light 及 right 進到日文中外來語均作【ライト】。

2. 試以【素敵{すてき}】、【ステーキ】、【ステッキ】爲例，說明日語單字中是否含長音或促音與其代表意義（辨義功能）間的關係。

3. 假設蠟筆小新說【私{わたし}は日本人{にほんじん}です。】，另外初音也說【私{わたし}は日本人{にほんじん}です。】。試從音聲學及音韻學的角度說明這兩個【私{わたし}は日本人{にほんじん}です。】的異同。

4. 試舉出【ニワニワニワニワトリガイタ】句可能的意義。

5. 試舉出漫畫中出現的而實際日文音韻中沒有的音的表現形態。

6. 試舉例說明日文川柳【川柳{せんりゅう}】、俳句【俳句{はいく}】、短歌【短歌{たんか}】等詩歌與【拍；モーラ{はく}】的關係。

參考文獻暨延伸閱讀（語言別／年代順）

● 中文

▸ 謝國平（1986 再版）《語言學概論》三民書局
▸ 顧海根（2000）《日本語概論》三思堂
▸ 黃華章（2004）《華人的日語語音學》致良出版社
▸ 張正男（2009）《實用華語語音學》新學林
▸ 蕭自佑（2010）《音聲醫學概論》藝軒圖書
▸ 蕭自佑（2010）「簡介音聲醫學兼談音聲保健」（http://health.ntuh.gov.tw/health/NTUH_e_Net/NTUH_e_Net_No09/2437.htm）（2014.3.23）

● 日文

▸ 金田一春彦（1957（1985 四十二刷））『日本語』岩波新書
▸ 金田一春彦（1988）『日本語 上 下』岩波新書
▸ 加藤彰彦・佐治圭三・森田良行（1989）『日本語概説』桜楓社
▸ 姫野昌子・小林幸江・金子比呂子・小宮千鶴子・村田年（1998）『ここからはじまる日本語教育』ひつじ書房
▸ 泉均（1999）『やさしい日本語指導 9 言語学』凡人社
▸ 伊坂淳一（2000 初版 5 刷）『ここからはじまる　日本語学』ひつじ書房
▸ 北原保雄・徳川宗賢・野村雅昭・前田富祺・山口佳紀（2000 三十四版）『国語学研究法』武蔵野書院

▸北原保雄（2000）『概説　日本語』朝倉書店

▸窪薗晴夫（2000 三刷）『日本語の音声』岩波書店

▸玉村文郎（2000 第 10 刷）『日本語学を学ぶ人のために』世界思想社

▸飛田良文・佐藤武義（2002）『現代日本語講座　第 3 巻　発音』明治書院

▸庵功雄・日高水穂・前田直子・山田敏弘・大和シゲミ（2003）『やさしい日本語のしくみ』くろしお出版

▸重野純（2006）『聴覚・ことば』新曜社

▸陳相州（2010）「韻律の観点から見た日本語談話標識「でも」の使用」『言葉と文化』11、pp. 119-133.

▸藤田保幸（2010）『緑の日本語学教本』和泉書院

▸横山悟（2010）『脳からの言語研究入門』ひつじ書房

▸服部義弘編（2012）『音声学』朝倉書店

▸潘心瑩（2012）「音声教育がアクセントの聞き取りに与える影響」『台灣日本語文學報』31、pp. 179-199.

▸ペタール・グベリナ（Petar GUBERINA）著；クロード・ロベルジュ編（2012）『聴覚リハビリと外国語教育のための言語理論　ことばと人間』上智大学出版

▸邱學瑾（2013）「漢字圏日本語学習者における日本語単語の意味処理に及ぼす母語の影響—聴覚呈示の翻訳判断課題による検討—」『教育心理学研究』第 60 巻第 1 号、pp. 82-91.

▸服部義弘編（2012）『朝倉日英対照言語学シリーズ 2　音声学』朝倉書店

▶国立国語研究所『日本語話し言葉コーパス』（http://www.ninjal.ac.jp/corpus_center/csj/）（2014.1.19）

● 英文

▶Praat（http://www.fon.hum.uva.nl/praat/）（2014.1.19）

第三章　文字、標記

　　文字與非文字記號的差異在於文字是與（單）語結合且能藉以表達該語的意義，而非文字記號則僅能表示意義。（單）語有語形（音聲）和語意，文字則藉由語形為媒介跟語意結合，或有以一字表達一語的，或有二字以上表達一語的。相較於音聲的記號體系，文字可說是二次元的記號體系。文字【文字】大體上可分為表音文字【表音文字】及表意文字【表意文字】，但比如英字母 a、b、c 等原則上一字表示一音素的為音素文字【音素文字】，通常字形較單純，字母數也較少，表語性較差，但表音性較強。

　　日語假名原則上一個字表示一個音節的屬音節文字【音節文字】，通常比音素文字的字母數來得多，相對地字形也較為複雜。表語性與音素文字相當，表音性則介於音素文字和表語文字【表語文字】之間。表語文字又稱形態素文字【形態素文字】，如漢字這種原則上一字表示一個語（形態素【形態素】）的文字，由於需要龐大的文字數，所以字形就會複雜。

　　文字的種類系統可大約整理如以下表 1。

表 1　文字的種類系統

		例
表語文字（表意文字）……………………………………		漢字
表音文字……………………………	音節文字………	平假名、片假名
	單音文字………	羅馬字

第 一 節　標記

　　相較於世界其他語言，日語文字標記【表記】（writing）
是較為複雜的，因為日文基本上除漢字及（平）假名外，還時而
會使用片假名、（abc 等）字母及阿拉伯數字，其方便之處是容
易掌握意思，但複雜的標記也造成學習記憶負擔（尤其是漢字的
學習負擔）。所謂的標記是指遵循一定的規則，將語言付諸視覺
的表現，其規則稱之為標記法【表記法】或用字法【用字法】，
以日文而言還包含【仮名遣い】和【送り仮名】等。標記法常帶
有社會的規範性，因此或稱為正書法【正書法】（Orthography）。
　　日文文句可以橫式書寫，也可以縱式書寫。另外還有標註
讀音【振り仮名；ルビ】的輔助手段。英語等西洋語言在語與語
之間會空格，日文稱作【分かち書き】，但日文的基本標記是漢
字假名混用的【漢字仮名交じり】，所以通常無此需要❶，但日

---

❶ 一般僅在給幼小孩童看的書或以外國人為對象的初級日語教課書等中會使
　 用【分かち書き】的書寫方式。

文會有一些如【送り仮名】的問題，比如該是【分かる】或【分る】？該是【直ぐに】或【直に】？基本原則是用言（動詞、形容詞、形容動詞）活用語尾的部分以假名標記，無活用變化的副詞、連體詞、接續詞的最後一個音節以假名標記，無活用變化的名詞不採用【送り仮名】，但也有一些例外或者有些彈性處理的情形。對於此部分的問題，日本訂有【送り仮名の付け方】，目前最新的版本是昭和 56 年（1981 年）10 月 1 日「內閣告示第三號改正」的版本。

　　另外，以假名來標記語的時候還有【仮名遣い】的問題，所謂的【仮名遣い】是音聲與文字對應的規則。比如，【功利】和【氷】發音一樣，但標記（假名的部分）卻不同。目前【仮名遣い】的規範是昭和 61 年（1986 年）7 月 1 日「內閣告示第一號」的【現代仮名遣い】。【現代仮名遣い】的標記原則基本上比較偏重標記實際的發音。

第 二 節　文字的體系

　　我們所使用的文字並非孤立存在，而是由許多要素所構成的集合體。文字是視覺的記號，擁有一定的形態，並且與音聲或單字間具有對應的關係。日文文字包含漢字【漢字】、假名【仮名】和羅馬字【ローマ字】。

　　所謂字形【字形】是指通常以點、線等組合而成的字的形

體。字形是具體可觀察的，我們在不同時間狀況下所寫出的字不盡相同，但我們都共同認識那個字，像這樣捨棄各個字形間的微小差異，僅取共通抽象字形的概念稱作字體【字体】。文字體系中如以標楷體、細明體、粗體或行書、草書、隸書、篆書等各字形特徵區隔者稱作書體【書体】。一般而言，各國會規定公佈所謂的標準字體【標準の字体】，與標準字體意義、發音相同，但字體不同的稱爲異體字【異体字】，如相對於【煙】的【烟】、相對於【群】的【羣】等。另有相對於正字【正字】的簡體字【略字】或俗字【俗字】等。

第 三 節　漢字、假名、羅馬字

日本的文字最初是借用來自中文的漢字【漢字】，中文字的造字法分爲象形、指事、會意、形聲、假借和轉注，合稱爲六書【六書】。日語爲了適應中文的漢字，產生了音讀【音読み】和訓讀【訓読み】，音讀又分吳音【呉音】、漢音【漢音】和唐音【唐音】，吳音主要是 5、6 世紀來自長江下游的音，多出現於古漢籍或佛教關係的用語，如【行政】中【行】的音。漢音是 7 世紀以後約莫中國隋、唐之際來自以長安爲中心的中國北方音，如【行動】中的【行】即爲漢音。唐音大約是十世紀以後中國明、清之際傳入日本的音，如【行灯】中的【行】。但不是所

有日文漢字都有吳音、漢音和唐音的讀法，多數的漢字沒有唐音，而吳音和漢音相同的漢字也很普遍。另外還有一些在日本獨自變化的慣用音【慣用音<ruby>かんようおん</ruby>】。

而將中文（漢字）的意思與日本固有語相結合，其讀音已固定的稱作「訓」【訓<ruby>くん</ruby>】，訓讀基本上是以一個一個的漢字爲單位的，如【山<ruby>やま</ruby>】、【早瀬<ruby>はやせ</ruby>】、【空回り<ruby>からまわ</ruby>】等，但也有一些是連續漢字（日文稱作【熟語<ruby>じゅくご</ruby>】）爲一個訓讀的，稱作【熟字訓<ruby>じゅくじくん</ruby>】，如【大人<ruby>おとな</ruby>】、【海苔<ruby>のり</ruby>】、【紫陽花<ruby>あじさい</ruby>】、【昨日<ruby>きのう</ruby>】等。

日本人甚至利用漢字造字法自行創造了一些中文裏沒有的漢字，如【躾<ruby>しつけ</ruby>】、【鰯<ruby>いわし</ruby>】、【峠<ruby>とうげ</ruby>】、【腺<ruby>せん</ruby>】、【辻<ruby>つじ</ruby>】等，稱爲日本的【国字<ruby>こくじ</ruby>】或【和字<ruby>わじ</ruby>】，這一類的字數量並不多，且多半僅有訓讀。

有人認爲漢字在學習記憶甚至使用上會造成負擔，因此提出漢字廢止論【漢字廃止論<ruby>かんじはいしろん</ruby>】，但漢字在視覺上提供很多的方便，可以解決僅憑藉音聲資訊的不足，如【しんだいしゃ】若以漢字呈現，則其所要表達的是【寝台車<ruby>しんだいしゃ</ruby>】或【死んだ医者<ruby>しいしゃ</ruby>】便可一目瞭然。日本政府提出規範以避免無限制地使用漢字，如昭和 21 年（1946 年）11 月內閣告示即提出內含 1850 個漢字之「當用漢字表」（【当用漢字表<ruby>とうようかんじひょう</ruby>】），之後又於昭和 56 年（1981 年）10 月提出增加至 1945 個漢字之「常用漢字表」（【常用漢字表<ruby>じょうようかんじひょう</ruby>】），之後有平成 22 年（2010 年）11 月的內閣告示微幅調整之前的版

本，以爲各行政機構公文書中漢字使用的依歸。

另外，中國的漢字還曾被用以直接標記日文，即所謂的萬葉假名【万葉仮名】。萬葉假名又可分爲直接或間接利用中文語音的音假名和利用訓的訓假名。到了平安時期（794～1185年），萬葉假名又衍生出了平假名【平仮名】和片假名【片仮名】，平假名是萬葉假名經草體化演變而來，片假名則是取自萬葉假名的部分（【省画】）而來的。相對於漢字（或稱【真名文字】、【男文字】；【男手】），平易的假名稱平假名（或稱【女文字】或【女手】），而重視實用性而將漢字簡略化（或僅取漢字偏旁等片斷的部分）則稱爲片假名。

日文除了漢字、假名以外，還有所謂的羅馬字。明治時期用以標記日文的羅馬字已有所謂標準式【標準式】（或稱【ヘボン式】）跟日本式【日本式】兩種。標準式較注重接近實際發音，其子音依據英語、母音因循義大利語發音。而日本式則依日語音韻來書寫。昭和初期日本政府企圖統一羅馬字的標記書寫方式，制定了訓令式【訓令式】，訓令式受到日本式的影響較大。比如【鹿】、【土】、【服】以訓令式及標準式標記分別爲【sika】（訓）【shika】（標）、【tuti】（訓）【tsuchi】（標）、【huku】（訓）【fuku】（標）。以下列出日文這三種的羅馬字標記。

表 2　標準式羅馬字

清音

あ A	い I	う U	え E	お O
か KA	き KI	く KU	け KE	こ KO
さ SA	し SHI	す SU	せ SE	そ SO
た TA	ち CHI	つ TSU	て TE	と TO
な NA	に NI	ぬ NU	ね NE	の NO
は HA	ひ HI	ふ FU	へ HE	ほ HO
ま MA	み MI	む MU	め ME	も MO
や YA	い I	ゆ YU	え E	よ YO
ら RA	り RI	る RU	れ RE	ろ RO
わ WA	ゐ I	う U	ゑ E	を O
ん N（M）				

濁音

が GA	ぎ GI	ぐ GU	げ GE	ご GO
ざ ZA	じ JI	ず ZU	ぜ ZE	ぞ ZO
だ DA	ぢ JI	づ ZU	で DE	ど DO
ば BA	び BI	ぶ BU	べ BE	ぼ BO
ぱ PA	ぴ PI	ぷ PU	ぺ PE	ぽ PO

拗音

きゃ KYA	きゅ KYU	きょ KYO
しゃ SHA	しゅ SHU	しょ SHO
ちゃ CHA	ちゅ CHU	ちょ CHO
にゃ NYA	にゅ NYU	にょ NYO
ひゃ HYA	ひゅ HYU	ひょ HYO
みゃ MYA	みゅ MYU	みょ MYO

りゃ RYA	りゅ RYU	りょ RYO
ぎゃ GYA	ぎゅ GYU	ぎょ GYO
じゃ JA	じゅ JU	じょ JO
びゃ BYA	びゅ BYU	びょ BYO
ぴゃ PYA	ぴゅ PYU	ぴょ PYO

　昭和29年（1954年）日本公布內閣告示第一號【ローマ字のつづり方】，以訓令式（第一表）為原則，但也彈性容許使用標準式等一些慣例。

表3　目前通行的日文羅馬字（【ローマ字のつづり方】第一表）

a	i	u	e	o			
ka	ki	ku	ke	ko	kya	kyu	kyo
sa	si	su	se	so	sya	syu	syo
ta	ti	Tu	te	to	tya	tyu	tyo
na	ni	nu	ne	no	nya	nyu	nyo
ha	hi	hu	he	ho	hya	hyu	hyo
ma	mi	mu	me	mo	mya	my	myo
ya	(i)	yu	(e)	yo			
ra	ri	ru	re	ro	rya	ryu	ryo
wa	(i)	(u)	(e)	(o)			
ga	gi	gu	ge	go	gya	gyu	gyo
za	zi	zu	ze	zo	zya	zyu	zyo
da	(zi)	(zu)	de	do	(zya)	(zyu)	(zyo)
ba	bi	bu	be	bo	bya	byu	byo
pa	pi	pu	pe	po	pya	pyu	pyo

sha	shi	shu	sho	
		tsu		
cha	chi	chu	cho	
		fu		
ja	ji	ju	jo	
di	du	dya	dyu	dyo
kwa				
gwa				
			wo	

第 四 節　標點符號

　　日文的標點符號較英文等西洋語言多。以下舉出一些臺灣人比較需注意的。

(1)句點爲「。」，通常置於格子內的右下方。

(2)直式書寫時的逗號爲「、」，橫式書寫時爲「，」，但也可以是「、」。

(3)單字的並列使用「・」【中点(なかてん)】，如【大阪(おおさか)・京都(きょうと)・神(こう)戸(べ)など】這樣的表現形態，但也可以用逗號替代。

(4)書名號爲『』。

(5)原則上一般的文章中不使用問號「？」、驚嘆號「！」，但必要時也可以使用。

各符號的詳細使用規範原則等可參考文化廳【くぎり符号(ふごう)の使(つか)い方(かた)】。

練習

1. 以下哪些是日語的文字？若有不是文字的，其理由爲何？

   〔十〕、〔×〕、〔Ⅶ〕、〔々〕、〔Ｐ〕、〔〆〕、〔羊〕、〔￥〕、〔≠〕、〔〕、〔☺〕、〔:)〕、〔3〕、〔！〕、〔峠〕、〔囍〕、〔轟〕、〔🚭〕、〔👍〕

2. 請判別以下各組文字是相同字的不同字體（異體字）或互爲不同的文字？而判定的基準是什麼？

   〔力・カ・か〕、〔つ・っ〕、〔日・日〕、〔峰・峯〕、〔架・枷〕、〔隣・鄰〕、〔着・著〕、〔当・當〕、〔花・華〕、〔嶋・島・鳥〕、〔国・國・囯・圀〕

3. 請在【すぐにショウカイしました。】下線處塡上適合的漢字並解釋整句的意思。

4. 請以日文【送り仮名】的觀點思考【行って】的漢字讀音爲何？

5. 請標示出以下各下線部分漢字的讀音，並指出其分別爲音讀或訓讀。

   【a 自由に空を飛びたい。

   b 失敗して、空を掴んだ。

   c 箱を開けたら中が空だった。】

   【a こちらはアパートの大家さんです。

   b こちらは日本画の大家でいらっしゃいます。】

【a 商品の質がいい。

　b 宝石を質に入れる。】

6. 試以訓令式及標準式分別標記【人】、【七】、【船】、

　【鼓】的羅馬字。

延伸課題

1. 請在【死んだ医者の奥さんの弟】中適當處標示標點符號，以說明到底是誰死了。

2. 請將【ハハハハハジョウブダ。】中適當處轉換為漢字並解釋整句的意思。

3. 請觀察思考日文在哪些情況下會使用片假名。

4. 試以【仮名遣い】的觀點說明【子牛】和【講師】。

參考文獻暨延伸閱讀（語言別 / 年代順）

中文

- 謝國平（1986 再版）《語言學概論》三民書局
- 顧海根（2000）《日本語概論》三思堂

日文

- 加藤彰彦・佐治圭三・森田良行（1989）『日本語概説』桜楓社
- 姫野昌子・小林幸江・金子比呂子・小宮千鶴子・村田年（1998）『ここからはじまる日本語教育』ひつじ書房
- 泉均（1999）『やさしい日本語指導 9 言語学』凡人社
- 伊坂淳一（2000 初版 5 刷）『ここからはじまる　日本語学』ひつじ書房
- 北原保雄・徳川宗賢・野村雅昭・前田富祺・山口佳紀（2000 三十四版）『国語学研究法』武蔵野書院
- 北原保雄（2000）『概説　日本語』朝倉書店
- 玉村文郎（2000 第 10 刷）『日本語学を学ぶ人のために』世界思想社
- アークアカデミー編（2002）『合格水準　日本語教育能力検定試験用語集　新版』凡人社
- 庵功雄・日高水穂・前田直子・山田敏弘・大和シゲミ（2003）『やさしい日本語のしくみ』くろしお出版
- 佐藤武義（2005）『現代日本語のことば』朝倉書店
- 藤田保幸（2010）『緑の日本語学教本』和泉書院

▶茅島篤（2012）『日本語表記の新地平：漢字の未来・ローマ字の可能性』くろしお出版

▶斉藤達哉（2014）「文字・表記（理論・現代）」『日本語の研究』第 10 巻 3 号、pp. 66-72.

▶文化庁「くぎり符号の使い方」（http://www.bunka.go.jp/kokugo_nihongo/joho/kijun/sanko/pdf/kugiri.pdf#search='%E3%81%8F%E3%81%8E%E3%82%8A%E7%AC%A6%E5%8F%B7%E3%81%AE%E4%BD%BF%E3%81%84%E6%96%B9'）（2014.4.7）

▶文化庁「常用漢字表（平成 22 年内閣告示第 2 号）」（http://www.bunka.go.jp/kokugo_nihongo/kokujikunrei_h221130.html）（2014.4.4）

▶文化庁「ローマ字のつづり方」（http://www.bunka.go.jp/kokugo_nihongo/joho/kijun/naikaku/roma/）（2014.4.4）

▶文部科学省「送り仮名の付け方」（http://www.mext.go.jp/b_menu/hakusho/nc/k19730618001/k19730618001.html）（2014.4.4）

▶文部科学省「現代仮名遣い」（http://www.mext.go.jp/b_menu/hakusho/nc/k19860701001/k19860701001.html）（2014.4.4）

▶文部科学省「常用漢字表」（http://www.mext.go.jp/b_menu/hakusho/nc/k19811001001/k19811001001.html）（2014.4.4）

▶文部科学省「ローマ字のつづり方」（http://www.mext.go.jp/b_menu/hakusho/nc/k19541209001/k19541209001.

html）（2014.4.4）

▸広島県「ヘボン式ローマ字の綴り方」（https://www.pref.
hiroshima.lg.jp/soshiki/38/1167961172072.html）（2014.4.4）

第四章　語彙

　　結合數個音素且具有意義的語言形式稱作語【語】，語是構成句子的要素。語彙【語彙】則爲語的集合體，若以某個基準或觀點爲限定範圍，則可指那個範圍內所有語的總體，因此可以有「源氏物語的語彙」、「川端康成（的作品）的語彙」、「報紙的語彙」、「年輕人的使用語彙」、「九州方言的語彙」等。語彙既然爲語的集合體，那麼日語到底有多少「語」呢？有關量的問題可以用辭典當作指標，如收錄現代日語爲主（僅收錄少數古語）的中型日語辭典《大辭林》（【『大辞林』】）（第三版）收錄了約三萬八千語，而古語及現代語都盡可能收錄的《日本國語大辭典》（【『日本国語大辞典』】）（第二版）則收有約五十萬語。

　　某個個人實際會書寫或說出的詞語的總體稱作使用語彙【使用語彙】，另一方面，雖然自己不會實際去使用，但看得懂或聽得懂的，則稱作理解語彙【理解語彙】。通常後者大於前者，據說使用語彙一般是理解語彙的三分之一。推估日本成人的理解語彙約四萬語左右，而語彙的習得會隨著年齡增長而增加。

第 一 節　語及語構成

　　語從意思和形態上來看，比如【山】、【飛ぶ】等不能再分的稱作單純語【単純語】，而如【山裾】、【飛び込む】、【大きさ】等可再細分（具有意義的更小單位）的則叫作合成語【合成語】，合成語中語基（語根）與語基（語根）相結合的或又稱複合語【複合語】，若爲附加接辭或因詞類轉成而來的又特別稱作派生語【派生語】。對於構成語彙的各個單語，是否可再細分成更小的語？各構成要素間互爲怎樣的關係？這類的問題稱爲構詞【語構成】，而探究構詞的學問則爲構詞學【語構成論】，構詞的討論通常是基於共時【共時】的平台。比如前列【山裾】、【飛び込む】、【大きさ】這幾個語可分爲【山-裾】、【飛び-込む】、【大き-さ】，其中以橫線分隔的部分稱作形態素【形態素】，形態素有因構成語時的機能分爲語基【語基】及接詞【接辞】，語基是構成語時主司意義的基幹部分，而接詞則接於語的前部或後部以輔佐語基的意義或肩負語法的機能，比如前列【山】、【裾】、【飛び】、【込む】、【大き】是語基，【さ】是接詞。一般加上了接頭辭（【接頭語】）可以添加該語在文體上、抽象意義上等的語感，而添加接尾辭（【接尾語】）還有改變詞類的可能。以下表 1 列出日語語構成的分類。

表 1　日語語構成

語			例
	(1) 單純語（語基）………………………………		【川】、【食べる】、【また】、【ガラス】等
	(2) 合成語	①派生語（語基＋接詞）……	【素-顔】、【お-酒】、【友-達】、【春-めく】、【子供-らしい】等
		②複合語（語基＋語基）……	【走り-回る】、【冬-休み】、【美-徳】、【カップ-麺】等

複合語的構成要素間通常可見以下幾種關係。

(1)統語構造（從屬構造）。如【雨あがり】、【赤とんぼ】

(2)並列構造。如：【手足】、【黒白】

(3)重複構造（疊語形式）。如：【日々】、【山々】

對於複合語形態素間的關係有以下幾種分析討論的觀點：一為詞類的觀點，如【虫歯】、【餡パン】為名詞＋名詞，【赤とんぼ】、為形容詞語幹＋名詞等。二為記述意義的觀點，如【手足】為並立關係，【我先】為主述關係，【子犬】為修飾關係等。

另外，語的合成常伴隨以下這些發音方面的變化。

(1)重音的變化。如：【お＋気持ち→オ＋キモチ→オキモチ】、【国立＋大学→国立大学　コクリツ＋ダイガク→コクリツダイガク】

(2)連濁【連濁】（rendaku, sequential voicing）。如：【貿易＋会社→貿易会社→ボウエキ＋カイシャ→ボウエキガイシャ】、【ほの＋ほの→ほのぼの　ホノ＋ホノ→ホノボノ】

若語的複合產生連濁，可以說是已經變成一個新的語了，如：ヤマ【山】＋カワ【川】→ヤマガワ【山川】，意指流經山中的河，爲修飾關係的構成。若ヤマ【山】＋カワ【川】→ヤマカワ【山川】，則指山與河，爲並列關係。

(3)母音交替（或稱轉韻）。如：【酒＋屋→酒屋　サケ＋ヤ→サカヤ（sake-ya → sakaya）】

(4)音添加（或稱音插入）。如：【春＋雨→春雨　ハル＋アメ→ハルサメ　（haru-ame → harusame）】

(5)音節脫落。如：【川＋原→磧　カワ＋ハラ→カワラ】

(6)音韻縮約（或稱縮音）。如：【手＋洗い→盥　テ＋アライ→タライ】

(7)音便。如：【踏み＋張る→踏ん張る　フミ＋ハル→フンバル】

根據林大氏【林大】的調查，日文中以4拍語所占比例最高，也因此語形較長的語在省略時也以4拍的形態最爲穩定，如：【マスコミュニケーション→マスコミ】、【デジタルカメラ→デジカメ】、【ポケットモンスター→ポケモン】、【東

京<ruby>大学<rt>きょうだいがく</rt></ruby>→<ruby>東大<rt>とうだい</rt></ruby>】。

　　另外由於日文音韻數的 3、4 拍語的語數多，因此自然地會產生很多的同音語。像這種語形（音）相同，但意義卻不同的，或稱作同音異義語【<ruby>同音異義語<rt>どうおんいぎご</rt></ruby>】，如【<ruby>高校<rt>こうこう</rt></ruby>】、【<ruby>航行<rt>こうこう</rt></ruby>】、【<ruby>孝行<rt>こうこう</rt></ruby>】、【<ruby>口腔<rt>こうこう</rt></ruby>】；【<ruby>柿<rt>かき</rt></ruby>】、【<ruby>牡蠣<rt>かき</rt></ruby>】等。

第二節　語彙量

　　討論某個語彙（範圍內）包含多少個語時則會用到語彙量【<ruby>語彙量<rt>ごいりょう</rt></ruby>】的概念，比如根據宮島達夫氏【<ruby>宮島達夫<rt>みやじまたつお</rt></ruby>】的調查，奈良時代詩歌集《萬葉集》【<ruby>『万葉集』<rt>まんようしゅう</rt></ruby>】中約使用了 6500 個語（【<ruby>自立語<rt>じりつご</rt></ruby>】），因此可說《萬葉集》的語彙量是 6500（語）。

　　以統計的方法討論語彙「量」的層面的研究叫作計量語彙論【<ruby>計量語彙論<rt>けいりょうごいろん</rt></ruby>】（quantitative theory of vocabulary）。

　　調查某一語彙量的構造（比如怎樣的語被使用的狀況等）則稱爲語彙調查【<ruby>語彙調査<rt>ごいちょうさ</rt></ruby>】，此類的調查對語言教育極有幫助。

　　在進行語彙調查時，調查單位（語的單位）是一個問題。

　　比如，「桃太郎」【<ruby>桃太郎<rt>ももたろう</rt></ruby>】的歌詞如下：

<ruby>桃太郎<rt>ももたろう</rt></ruby>さん<ruby>桃太郎<rt>ももたろう</rt></ruby>さん お<ruby>腰<rt>こし</rt></ruby>につけた <ruby>黍団子<rt>きびだんご</rt></ruby> 一つわたしにくださいな

やりましょう やりましょう これから鬼の 征伐に ついて
行くなら あげましょう

　行きましょう 行きましょう あなたに ついて どこまでも
家来に なって 行きましょう

　其中包含了 18 個不同的語（【自立語】），但其中「桃太
郎さん」、「やりましょう」、「行く」各出現了不只一次，一
個語不論出現幾次都以 1 計算而算出的語數稱作【異なり語数】，
而一個語每出現一次就逐次累算上去的稱作【延べ語数】，因此，
「桃太郎」的【延べ語数】是 24，【異なり語数】是 18。而前
述的語彙量是指【異なり語数】，因此「桃太郎」歌詞的語彙量
是 18。

　而某個語在某個範圍的使用率則爲：

$$\frac{某語的使用次數}{某範圍內全體的【延べ語数】} \times 100$$

　比如「行く」在「桃太郎」歌詞內的使用率爲：

$$4 \div 24 \times 100 \fallingdotseq 16.67(\%)$$

　以同樣方式則可計算出「桃太郎」歌詞中各語使用率的順
位表。

表 2　「桃太郎」歌詞各語使用率順位

語	詞類	次數	使用率	順位
行く	動詞	4	16.67	1
桃太郎	名詞	2	8.33	2
やる	動詞	2	8.33	
ついて	動詞	2	8.33	
あげる	動詞	1	4.17	3
あなた	代名詞	1	4.17	
腰	名詞	1	4.17	
くださる	動詞	1	4.17	
これから	副詞	1	4.17	
つける	動詞	1	4.17	
どこまでも	副詞	1	4.17	
なる	動詞	1	4.17	
わたし	代名詞	1	4.17	
一つ	名詞	1	4.17	
家来	名詞	1	4.17	
鬼	名詞	1	4.17	
黍団子	名詞	1	4.17	
征伐	名詞	1	4.17	

　　選出某個語言中常用的詞語對語言教育（如決定導入教授
的前後順序等）極有幫助，但語的重要性並不完全取決於使用
率，同時也跟調查範圍有關。通常在考量使用率與調查範圍的前
提下，選取某資料中常用的一定數量的語，稱爲基本語彙【基
本語彙_{ほんごい}】。和基本語彙概念相似的，另外還有基礎語彙【基礎

049

<ruby>語彙<rt>ご い</rt></ruby>】，基礎語彙是指在某一語言社會中必要不可缺的語，通常是人爲主觀演繹選出來的。

在詞類所占比例方面，根據日本國立國語研究所1956年以雜誌90種爲資料所做的調查結果顯示，其中所占比例最高的詞類是名詞，占78.4%，其次爲動詞的11.4%，以下依序爲形容詞（な形容動詞、程度副詞、連體詞）（9.4%）和感動詞（含陳述副詞、接續詞）（0.7%）。

而英、中、日文的累積使用率【カバー率】如以下表3，認識最常用的1000個英文單字約可了解一般英文文章80.5%的內容，認識最常用的1000個中文單字約可了解一般中文文章73.0%的內容，而認識最常用的1000個日文單字僅約可了解一般日文文章的60.5%的內容，由此可知需認識較多的日文單字才能理解與英文或中文相當的資訊（文章）。

表3　英、中、日文的累積使用率【カバー（cover）率】

字數／語言	英文	中文	日文
1～1000	80.5	73.00	60.5
1～2000	86.6	82.20	70.0
1～3000	90.0	86.79	75.3
1～4000	92.2	89.66	―
1～5000	93.5	91.64	81.7
計	93.5	91.64	81.7

＊整理自玉村文郎（1998：11）

第 三 節 　**語義**

　　語彙除了前節探討量的角度外，也需注意其質的部分。語彙通常可以依意義、出自（語種）、構成和文法機能來分類。

　　通常專業術語中較多單義語【單義語】，而一般日常基本的語則包含較多的多義語【多義語】。如【甲状腺】、【防腐剤】、【IC】、【音素】等即分別爲醫學、化學、IT、語言學專業領域的單義語，而【頭】、【腐る】、【スピーカー】、【声】則爲分別具有一個以上的意義的多義語。近年有一些『日本語多義語学習辞典』（2011 年名詞篇、形容詞・副詞篇、2012 年動詞篇）的出版，除文字說明外，並佐以插圖，對於日語多義語的理解頗有幫助，臺灣均有中譯本。

（一）意義分類

　　將語依同義、類義等做分類、整理的語彙集稱爲【シソーラス】（thesaurus）。1964 年日本國立國語研究所出版《分類語彙表》（【『分類語彙表』】），將日語 3 萬多語分爲體（名詞）、用（動詞）、相（形容詞・形容動詞・副詞・連体詞）、其他（部分的副詞、接續詞、感動詞）的 4 大類、11 個項目。這是將概念體系演繹的分類❶。2004 年該研究所又出版了《分類語彙表 増補改訂版》（【『分類語彙表 増補改定版』】，收錄

---

❶ 幾乎未收錄複合語及慣用句。

語數約【延べ語数】9萬6千語❷，並附有 CD 光碟。

另一方面，著眼語和語間意義關係的分類有類義關係【類義関係】、對義關係【対義関係】和包攝關係【包摂関係】。另外雖然有所謂的同義語【同義語】的講法，但實際上嚴格講起來在同一語言中很難有意義完全相同的語，比如在文體、方言、語感或使用條件限制上多少可能會呈現某些不同的地方。

某一個語和其他語意義接近時，彼此互爲類義語【類義語】，如【美しい】和【きれい】、【けれども】和【が】、【本日】和【きょう】等。類義語可以分爲幾個類型，一爲絕大部分的意義是互相重合的，如【食べる】和【食う】。二爲一方涵蓋另一方的，如【木】和【樹木】、【車】和【自動車】等。三爲有部分意義相重疊的，如【いえ】和【うち】。四爲意義互爲鄰接關係的，如【児童】【生徒】【学生】。

當某個語和另一個語雖有部分的共通點，但在某一部分有對立時，此二語即爲對立關係，形成所謂的對義語【対義語】（相反詞）。而對義關係又可分爲①相補關係、②相對關係及③視點上的對義關係。①的相補關係是將某一概念領域分成兩個部分，若否定其中一方，另一方就成立。如「男」【男】與「女」【女】、

---

❷ 除增列初版以來的新語外，並大幅增收 sa 行變格動詞【サ行変格動詞】、複合語、慣用句及多義語。

「有」【ある】與「無」【ない】。此類對義語或稱為【対極語】。②的相對關係通常是具程度性的詞組，兩者間沒有明確的區隔，介於中間的部分甚至是相互連接的。如「粗」【太い】與「細」【細い】、「善」【善】與「惡」【悪】等。處於對義關係的形容詞組大部分屬於這一類，否定其中一方，不一定等於其對義語，比如說「不大」【大きくない】不一定就意味著「小」【小さい】。③視點上的對義關係有兩種，一是如「進」【入る】和「出」【出る】、「上坡」【上り坂】和「下坡」【下り坂】等，對於同一個事項，雙方處於對立的視點而成立的。另一是如「教師」【教師】與「學生」【学生】或「醫生」【医者】與「患者」【患者】等，互以他者為前提，雙方立場不同而來的。然而需要注意的是，所謂的對義關係不一定是「一語對一語」的關係，也可能是一對多，如相對應於「脫」【脱ぐ】的動詞含「穿」【（服を）着る】、【（ズボンを）はく】、「戴」【（帽子を）かぶる】，或「春、夏、秋、冬」【春、夏、秋、冬】等一組的關係的彼此亦為對義關係。

　　包攝關係是指某個語的意義範疇完全包含另一語的意義範疇，比如「車」【車】和「巴士」【バス】，「木」【木】和「杉」【杉】，前者（範圍大的）是後者（範圍小的）的上位語【上位語】，而指涉範疇小的則是下位語【下位語】。前述類義語關係

的二也可以包攝關係來看待。

（二）語意變化

　　語意通常會隨著時間而有所變化，日文稱作【語義変化】。語意變化大約可分為以下幾種。

　　(1)抽象化。如：【腹→腹が黒い】。

　　(2)時間化。如：【近い→近い将来】。

　　(3)心理化。如：【細かい→金に細かい】。

　　(4)感覺的轉移。如：【渋い→渋い好み】。

　　(5)一般化（擴大）。如：【ウォークマン】、【奥様】。

　　(6)特殊化（縮小）。如：【花→桜（の花）】、【鳥→ニワトリ、鶏肉】。

　　(7)價值的上升：【天気】原無特殊正面或負面評價的意涵，但如【きょうは天気だ。】（今天是好天氣。）這樣的用法中，【天気】就伴隨了正面評價。

　　(8)價值的下降。如：【貴様】、【お前】。

第四節　語種

　　日語可依語的出自來源做分類，如是否為日語本來就有的語或古時由中文傳入，或由英語等其他外語傳入的，這樣的分類

稱爲語種【語種】。

日語語彙大體可分爲固有語的和語【和語】和外來的借用語【借用語】，借用語又稱外來語【外来語】，廣義的外來語包含自古即傳入日本的漢語【漢語】和中世末期起大量傳入日本的洋話【洋語】，另外也有如【消しゴム】這種的混種語【混種語】。

漢語一般還包含日本自製的和製漢語【和製漢語】，另如「白蘿蔔」【大根】原先是念作【大根】，「火災」【火事】最早是念成【火事】，但現在【大根】、【火事】通常都被視爲是漢語。像這種日本人將之視爲漢語，但嚴格講起來其實包含以漢字音來發音的語，故有人也將漢語稱作【字音語】。漢語肩負了表達日語中許多抽象的概念。而如近世後期（幕末至明治期）翻譯自荷蘭文等西洋典籍的「神經」【神経】、「哲學」【哲学】、「健康」【健康】、「原理」【原理】、「引力」【引力】等也被歸爲漢語❸，或被稱作「新漢語」（【新漢語】），其中包含許多源自西洋的新事物或新概念的名稱，這些新漢語占近現代學術用語相當大的比重。

但更晚的，比如近代以後來自中文的如「麻將」【マージャン（麻雀）❹】、「煎餃」【ギョウザ（餃子）】等卻通常

---

❸ 詳可參見沈国威（1994）等。

❹ 有關麻將相關用語可參照姚丞倫（2012）等。

不被歸類爲漢語。

另外，漢字詞中讀音爲「音—訓」結合的熟語，稱作【重箱読み】，如【縁側】、【両替】等，而「訓—音」結合的則稱作【湯桶読み】，如【見本】、【場所】等，這些詞具有混種語的性質成分。

日本自室町時期（1336～1573年）末期起即因葡萄牙人的到來而傳入了一些源自葡萄牙文的外來語，其中有些因傳入日本的時間已久，日本人已不太感覺其爲外來語，甚至有用漢字來標記的，如【合羽】、【煙草】等。而自明治期（1868～1912年）以後，源自英語的外來語變多，目前來自西洋諸語的外來語（洋語）中，以來自英文的最多，約占8成以上。另外也有一些看起來像是外來語但事實上西洋諸語中並不存在那樣的語詞，如「晚間棒球賽」【ナイター】、「加油站」【ガソリンスタード】、「百貨公司」【デパート】等，這類的詞稱作和製外來語【和製外来語】❺。近年時而聽到有人認爲日語中外來語太過氾濫的聲音，伴隨新事物概念而來的外來語增加或許無可避免，但過多不熟悉的外來語的確會形成溝通障礙，有鑑於此，日本國立國語研究所也做出了將公文書中常出現卻不易理解的外來語以別種方式呈現的提案（【「外来語」言い換え提案】）。

而在發音方面，半濁音【パ】行音爲字頭的幾乎可以說一定

---

❺ 其中多爲和製英語。王敏東（2014）。

是外來語，如【パパ】、【ピアノ】、【プール】等。另外，受到外來語的影響，日語中出現了一些如【ツァ】（如【モーツァルト】）、【ティ】（如【パーティー】）、【フォ】（如【フォーク】）等日文中原本沒有的音。

一般而言、日本人對外來語的好感度較高，如【宿屋】、【旅館】、【ホテル】三者均爲在外短期旅行時投宿的地方之意，但日本人對其語感的好感度是呈外來語＞漢語＞和語而下降。

醫學及哲學領域的外來語多來自德文，藝術、服裝領域中的外來語多源自法文，而音樂領域的外來語則多出自義大利語。

日語中基本的單語多爲和語。原本和語字頭不會出現 ra 行音（【ラ行音】）及濁音。另外如鼻音（【撥音】）及促音也是日文後來受外來音的影響而產生的音。和語多爲 2 拍語，如【花】、【来る】等，也有一些 1 拍語，如【手】、【木】等。相對於漢語，和語是比較一般、平易、易懂的。

《萬葉集》中僅使用了和語，到了《源氏物語》已使用約 5% 的漢語，11 世紀時幾乎已經是不使用借用語（外來語）就很難寫出自然的日文文章了。

以下圖 1 列出日本國立國語研究所（1964b：61）調查各語種使用於日本雜誌中的情形，其中【異なり語数】的部分以漢語的使用比例最高，其次是和語，但【延べ語数】則反過來是以和語比例最高，其次爲漢語，而外來語在【延べ語数】的部分則是低於【異なり語数】不少。這意味著：相較於漢語，和語多爲基

本常用的語，而外來語似乎涵蓋領域範圍多元，但基本常用的語詞卻不多。也就是說，和語仍居現代日語中心的位置。

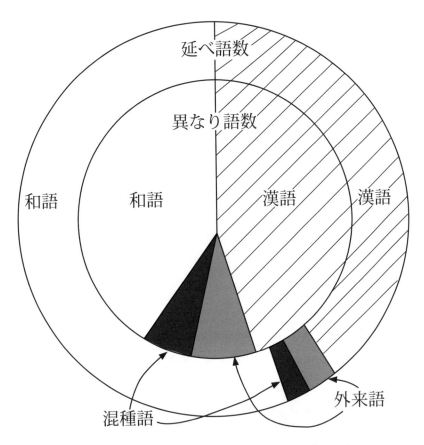

圖 1 日本雜誌中各語種使用狀況分布圖

＊譯自國立國語研究所（1964 b：61）

第 五 節　位相

　　對於同一概念或事物，隨著使用者所屬的社會集團或使用場面等的不同而有不同的語言表現形態，稱之為語言的位相【位相（いそう）】，而在特定的位相中所使用的語詞稱為位相語【位相語（いそうご）】。位相的現象可能出現在音韻、文法或語彙等層次，但通常以語彙的部分最為顯著，所以多在語彙的領域中討論位相。

　　位相通常可分為 (1) 因表現主體的不同、(2) 表現樣式的不同等兩個方向來討論。(1) 是依語言使用者所屬的社會集團不同而產生的語言上的不同，如因居住地、性別、年齡、職業等的不同而產生的差異。(2) 是依使用場面或對象等的不同而產生的，如正式的場合或輕鬆私下的場合、口語或書寫、與聽話者對象間的長幼上下或親疏關係等。其中第 (2) 種多為文體論或敬語論等層次的問題，故本節以下主要就 (1) 的部分說明，第七章討論其中與社會語言學有關的部分，而與文體或敬語相關的非語彙的部分將在本書八章第一節論述。

　　因居住地所產生的位相差異即所謂方言的問題，如日本以京都、大阪、神戶一帶為中心的關西地區將【本当（ほんとう）】講成【ホンマ】，或將【だめ】、【いけない】講成【あかん】等，有關方言的議題詳可見本書第七章「社會語言學」第一節「地域方言」的部分。

　　來自性別差異的位相，如主要為男性所使用的稱作男性語【男性語（だんせいご）】，而主要為女性專用的則稱作女性語【女性語（じょせいご）】。如

女性較偏向使用語感較柔和的和語，而較少使用漢語，另如書信用語中，女性少用【敬具】，而較常用【かしこ】。而室町時期（1336～1573年）於宮中或將軍家中工作的女官們所使用大量的女房詞【女房詞】，如【おでん】、【お冷】、【かもじ】、【しゃもじ】等即爲當時流傳下來的講法，這些詞多爲衣食相關的語詞，不少爲略語或隱語（【隱語】）式的換一種講法，所謂隱語是指某一階級或職業團體間爲了不想讓外部的人聽得懂而刻意用的一些語詞，使用隱語除對內部團體形成群體的連帶感外，還有對外誇示的作用。另外如【～でございます】最先爲江戶時期風化場所女性用語（【廓ことば】）所發展出來的。相較於其他語言，日文是男女性用語區別較明顯的語言，如人稱代名詞男性專用的有【僕】、【俺】（以上第一人稱）、【君】（第二人稱）等，女性專用的有【あたし】、【あたくし】（均爲第一人稱）等；男性專用的感動詞有【おい】、【ほう】、【なあ】等，女性專用的則有【あら】、【まあ】等；終助詞則有男性專用【ぜ】、【ぞ】、【な】等，女性專用的【わ】、【かしら】等。另外，女性也較多使用添加接頭語【お】的美化語，如【お酒】、【お醤油】等。

　　因年齡而有的差異比如有幼兒語【幼児語】、年輕人用語【若者言葉】、老人語【老人語】等。幼兒語有如【ねんね】、【まんま】等的撥音化的詞、【おてて】、【おべべ】等反覆形，或多用如【ワンワン】、【ブーブー】等狀聲詞，甚至於【ワン

ちゃん】等的擬人化法。年輕人用語則是年輕族群（多指十幾歲到二十幾歲）間特有、常用的用語。各個時代有不同的年輕人用語。老人語有如【わし】、【じゃ】等。

使用於某特定職業團體成員間、基於該職業性質的特殊用語稱之為職業語【職業語】。比如警察間用的【ホシ】、【ガイシャ】、【タレコミ】，【ホシ】意指犯人或嫌疑犯，【ガイシャ】指刑事案件的被害者，【タレコミ】則指密告。此類語還具有隱語的性格，但隨著一般人生活圈的擴大及大眾傳播媒體及網路的普及發達，不少已廣為一般大眾所知或使用，如原為象棋用語的【高飛車】，原戲劇界用語的【二枚目】等。

另外，為了避免不吉利等避諱，在某些特定的情況下使用的特殊用語日文稱之為【忌み言葉】，比如刻意用【ありの実】來替代【梨】，用【お開き】來表示【終わる】、【閉じる】，有些醫院、飯店等沒有 4 （【4】、【死】同音）或 9 （【9】、【苦】同音）號房等都屬【忌み言葉】。

第 六 節　新語、流行語、死語

新語【新語】通常指新被創造出來的語（日語或稱之為【新造語】），如為因應新產品或新的概念而來的新的命名，如 2011 年普及的智慧型手機【スマホ】，或如 1970 年代後期主張拒吸二手菸的【嫌煙権】等都是新語。另外，在既有的語彙上

賦予其新的意義也可算是一種新語，如原爲「經世濟民」之略的
【經濟】，在明治後期起被穩定地當作 economics 的譯語。陳錦
怡・王敏東（2005）曾整理加茂正一（1944）、《日本國語大
辭典》（1980）及米川明彥（1989）對新語的定義如以下表 4。

表 4　新語定義的整理

定義		加茂（1944）	《日本國語大辭典》（1980）	米川（1989）
(1) 該語言社會新出現的語	a. 新造語	○	○	○
	b.利用既有語的新語	X	○	○
(2) 為了表現新事物或概念而賦予新意義的語—新用語		○	○	○
(3) 隱語或俗語等原本僅限於部分社會所使用的語進入到一般語的情形—新出語		X	X	○

　　另外，許斐絢（2000）提出新語的定著需得經媒體認可，
且需經過一比較長時間而廣範圍的使用。

　　流行語【流行語】指某一時期內受到人們高度關注或關心
而大量被使用的語詞，但多半會在短時間內使用次數減少甚至不
再被提起。水原明人（1997）提出流行語流行的時期頂多不過
一、兩年，陳錦怡・王敏東（2005）則調查探討既爲新語又爲
流行語的 500 語實際在報紙各版面中被使用的情形，結果得知僅
不到 4 成的新流行語兩年後還在報紙上看得到，超過 6 成的新流
行語在兩年後的報紙中幾乎不復見蹤跡。

　　流行語可反映該時代的背景及各個時期社會的變遷。日本

自由國民出版社【自由国民社】於 1984 年起於每年 12 月選出當年的流行語，已具相當的指標意義。流行語雖稱之爲「語」，但實際上有時未必是單語的形態，也有可能是句子，如 2013 年的流行語【今でしょ！】、2014 年的流行語【ダメよ～ダメダメ】等，或也有特殊發音的，如 2005 年的【フォーー！】等。

　　相對於流行語，某一語言當中已不再被使用的語詞稱爲死語【死語】，有些或僅止於被收錄於辭典裏，有些可能就此消失。但爲什麼這些語詞一度被使用但後來卻爲人們所遺忘？探詢其間的理由，往往可以發現各個時代的風俗、政治等社會百態的樣貌，這是其在語學上的意義價值之一。

第七節　範例關係、統合關係、共起關係

　　【広場には　元気な　子どもが　たくさん　いた。】句中【広場】的位置可以【運動場】、【キャンパス】、【公園】等很多其他的詞代入，同樣的【元気な】的位置也可以【明るい】、【かわいい】、【丈夫な】等其他的詞代入，【子ども】的部分也可換成【男】、【サラリーマン】等。像這樣在句子中位置上可互換的語互爲範例關係（或稱連合關係），詞類即以範例關係相連結。而例句中【広場には】、【子どもが】、【たくさん】、【いた】則具有統合的關係。【元気な】和【子ども】間也是具有統合關係。但【元気な】和【におい】、【よだれ】、

【アイス】間則不具意思上的統合關係。統合的關係是如主述語，修飾語與被修飾語，目的語與他動詞等構文的關係。而將構文關係凝縮成語和語相互依存關係則稱爲共起關係。比如【雨_{あめ}】和【降_ふる】、【やむ】；【花_{はな}】跟【咲_さく】、【散_ちる】等爲共起關係強的語組。

第 八 節　語史

　　闡明語彙體系通時變化的研究稱爲語彙史【語彙史_{ごいし}】。相對於音韻史及文法史，語彙史的研究較晚起步，也較難系統化，所以語彙史的研究進展也較慢。

　　闡明一語的語源、語形成的變化、語形（語形變化）、語義（語義變化）、用法等的研究稱爲語史或語誌【語誌_{ごし}】。語誌的研究通常會關心、涉獵到該特定語的相關的語群。目前日本最大規模的國語辭典（日日辭典）《日本国語大辞典》【『日本国語大辞典_{にほんこくごだいじてん}』】第二版（小学館）中即設有「語誌」的欄位。

　　前田富祺氏【前田富祺_{まえだとみよし}】在日語語彙史上有龐大卓著的貢獻及成果❻，曾統籌編纂前述《日本国語大辞典》第二版（小学館）中「語誌」的部分。

---

❻ 國內則有王敏東從事相關之研究。

第 九 節　**辭典**

　　櫻井豪人（2014：33）認爲語彙的集大成是辭書，辭書中無法詳述的事項才會將之以論文的形式發表，可見得辭書在語彙領域的重要地位。辭書【辞書；辞典；字引き】是記述單字的音、形、義及用法等相關知識，並以索引方式便利迅速查詢各類資訊的工具書。專俟解析「字」（而非語、詞）的稱爲字典【字典】，蒐集各種字體【書体】❼的叫做字書【字書】，另如百科全書等，非針對某一特定字、詞加以解釋，而是解說某一特定事項的，則稱之爲事典【事典】。辭書具規範性，且受到社會高度信賴。

　　日本近代以前的辭書如【新撰字鏡】（平安時期的漢和字典）、【和名類聚抄】（意義分類的漢和辭典）、【色葉字類抄】（平安時期的日本國語辭書）、【日葡辞書】（以葡萄牙文說明日語的辭書）等，對於瞭解以前的語詞非常有幫助。

　　現代日本的國語辭典【国語辞典】❽可顯示日語詞彙的基本樣貌，雖然一般人可能會在不認識某字詞時查閱辭典（此亦爲辭典最重要的功能），但通常編纂辭典時會優先收錄常用語及較爲一般人熟知的語。國語辭典依其收錄的語數大約可分爲小型、中

---

❼ 如標楷體、明朝體、草書體等日文稱作【書体】，而如日文新字體【国】與舊字體【國】的字體不同，日文才稱之爲【字体】。詳可見本書第三章「文字、標記」。

❽ 中文或稱「日日辭典」。

型及大型。小型辭典的收錄語數約介於 6 ～ 9 萬語之間，如『三省堂国語辞典』2014 年第七版的收錄項目數爲 82000。中型辭典的收錄語數約介於 20 ～ 25 萬語，如『広辞苑』2008 年第六版的收錄項目數超過 24 萬。大型辭典的收錄語數可達 50 萬語，如 2003 年完成的『日本国語大辞典』第二版。

一般日本國語辭典【国語辞典】的記述的項目包含以下：

(1) 標記的資訊：如【煙草(たばこ)】、【タバコ】、【たばこ】。

(2) 語構成的資訊：如【パソコン】爲【パーソナルコンピューター】中【パーソナル】與【コンピューター】各自省略後半（僅保留前二音節）再結合而成的和製英語❾。

(3) 發音、重音等資訊❿。

(4) 文法資訊：如詞類、活用語的活用變化、動詞的自・他等⓫。

---

❾ 如「パソ‐コン【パソコン】「パーソナルコンピューター」の略。」（『デジタル大辞泉』）（2014.2.1）。

❿ 如「えい‐が〔：グヮ〕【映画】…【発音】エイガ＜なまり＞イイガ〔富山県〕エイグヮ〔鹿児島方言〕＜標ア＞[エ][0]＜京ア＞[エ]」（『日本国語大辞典』）（2014.2.1）。

⓫ 如「かわ・す〔かはす〕【交わす】〔動サ五（四）〕1 互いに、やり取りする。交換する。「あいさつを―・す」「約束を―・す」2 互いにまじえる。交錯させる。「枝を―・す」3 移す。変える。「時―・さず持て来（こ）」〈宇治拾遺・二〉4 動詞の連用形に付いて、互いに…しあう意を表す。「顔を見―・す」「固く言い―・した仲」〔可能〕かわせる」、「どう‐どう〔ダウダウ〕【堂堂】〔ト・タル〕〔文〕〔形

066

(5) 語種或位相等的資訊：如【ピザ】爲來自義大利語的外

　　來語❷；【おひや】爲女房詞【女房詞<ruby>女房詞<rt>にょうぼうことば</rt></ruby>】❸；【きりぎりす

　　【蟋蟀】】爲【昆虫「こおろぎ（蟋蟀）」】的古語❹等。

(6) 意義記述。

(7) 對於意義的補充說明：如類意語、相反詞等。

(8) 其他：如語源、語誌等❺。

動タリ〕１りっぱで威厳のあるさま。「―たる邸宅」「―とした態度」
２なんの隠しだてもないさま。こそこそしないさま。「正面切って―と
戦う」「白昼―」」（『デジタル大辞泉』）（2014.2.1）。

❷ 如「ピザ【（イタリア）pizza】。パン生地を平たく伸ばし、トマトソ
ースを塗り、サラミ・エビ・ピーマンなどとチーズをのせて焼いたもの。
イタリア南部地方の代表的な料理。ピッツァ。ピザパイ。」（『デジタ
ル大辞泉』）（2014.2.1）。

❸ 如「お‐ひや【▽御冷や】《女房詞「お冷やし」の略から》冷たい飲み
水。」（『デジタル大辞泉』）（2014.2.1）。

❹ 『日本国語大辞典』（2014.2.1）。

❺ 如「たそ‐がれ【黄昏】（古くは「たそかれ」。「誰（た）そ彼（かれ）は」
と、人のさまの見分け難い時の意）・・・【語誌】(1)元来「誰彼（たそかれ）
と我をな問ひそ九月の露に濡れつつ君待つわれを〈人麻呂歌集〉」〔万
葉‐一〇・二二四〇〕のように、アレハダレカと尋ねることばであった
ものから、薄暗くて人の顔の見分けがつかない時分をさす「たそかれど
き」という語を生じ、さらにその「とき」が省略された形であると考え
られる。(2)「たそかれ」が薄暮に用いられるのに対して、「かわたれ（ど
き）」は主に薄明をいう語である。　　【語源説】(1) タソカレ（誰彼）
の義〔名語記・日本釈名・夏山雑談・物類称呼・類聚名物考・俚言集覧

其中對於語義的部分，或有依「原意 - 衍生意」的順序排列的，或有依「常用 - 非常用」意義順序排列的，多半還會附上用例❶。

另外也有專門某類主題的辭典，如重音辭典、外來語辭典、方言辭典、新語辭典、流行語辭典、擬聲語・擬態語辭典、類語辭典、慣用語辭典、（某類領域專業用語的）專門語辭典，另如日華、中日等雙語辭典等。

而在為外國人日語學習者編寫的辭典方面通常會考慮選擇重要語詞、以平易的表現說明及替漢字注上假名發音等。

目前一般辭典會以日文 50 音順序排列便利查詢。

除了傳統的紙本辭典外，電子辭典或利用網路的線上辭典也很發達。

第 十 節　日本語彙的特色及文化

語彙能反映該語言的生活及文化。日文語彙特色中，除前節（本章第五節「位相」）中提及的敬語外，還有以下這些特色。首先，表示自然的語彙較多，比如與天候有關的表示「雨」的就

・言元梯・雉岡隨筆・和訓栞・本朝辭源＝宇田甘冥・大言海・日本語源＝賀茂百樹〕。(2) 農夫が田から退いて宿に帰る意で、タソカレ（田退）の義〔菊池俗言考〕。」（『日本国語大辞典』）（2014.2.1）。

❶ 在認知的研究中，常利用詞典中的語釋（意義記述）部分，需注意所使用辭典中對此部分的編排方式，另外，以語（彙）史研究的觀點而言，很多詞的本（原）意的認識上仍有許多不明之處。

有【時雨、五月雨、夕立、霙】等的不同。又如動物辭彙中魚的名稱非常之多，翻開辭典「魚」部的字，或到壽司店觀察一下，就會發現魚的名稱很多，甚至有些魚在其成長過程依其大小就有【スバシリ、イナ、ボラ、トド】等不同的稱呼。相對地，日文中表示身體部位及內臟的語彙卻相當貧乏，如【手】可以指「手（掌）」，也可指「手（臂）」，甚至於表示疾病的固有詞彙（和語）都不多，這或許可以顯現出日本人輕肉體、重精神的特質。另外，日語中表示家畜的語彙也相當貧乏，這與日本畜牧業不盛有關❶。而相較於中文，日文的親族語彙不是那麼豐富，如中文有叔叔、伯伯、舅舅之分，但日文僅有【おじ（さん）】，這是因為日本基本上不是大家庭系統的關係。

而在色彩名稱方面，日文算是分得較細緻的，比如現代日語就有【青】、【藍】、【紺】、【浅葱】、【水色】、【瑠璃色】、【ブルー】、【ライトブルー】等等表達藍色（blue）系，這或許表明了日本人的色彩感覺發達，且比較偏好中間色。但其實古代日語的色彩語【色彩語】是偏貧乏的，有【赤】、【青】、【黒】、【白】等，但【青】包含了現在的【青】和【緑】。

最後，還有一些日本特有的語彙，如【玉子焼き】、【ひな祭り】、【チンドン屋】、【義理】、【おもてなし】，或文

---

❶ 相對地，中文裏「馬」字邊的字很多，而英文裏表示牛、羊等鳴叫聲的詞就相當多。

學、美意識的【さび】、【わび】、【風流<ruby>ふうりゅう</ruby>】等，這些語彙常常在翻譯上令人費神。

第 ⑩ 節　小結與展望

　　語彙相較於發音、文法等比較容易變動，因此如外來語、新語、流行語等反映在語彙層面上的較多，連帶的當然會影響辭書的選詞與編纂。通常如《日本語的研究》【『日本語の研究』<ruby>にほんご</ruby><ruby>けんきゅう</ruby>】（日本語學會）或《日本語學》【『日本語学』<ruby>にほんごがく</ruby>】（明治書院）等日本語學的專業期刊會不定時出一些日語各研究領域近年研究新動向的特集，對各時期各領域研究進展的認識有相當的幫助。

1. 試說明以下語組各語間在語感上有何不同。

   a.【晚飯ばんめし—晚ご飯ばんはん—晚餐ばんさん—ディナー】

   b.【飲み物のみもの—飲料いんりょう—ドリング】

2. 試指出【新米しん】及【米飯はん】中的【米】讀音是否相同，是屬於吳音、漢音或唐音。

3. 試分別舉出日文【父ちち】、【東ひがし】和【大勝たいしょう】的對義語。

4. 試以【きしゃのきしゃはきしゃできしゃ。】及【貴社きしゃの記者きしゃは汽車きしゃで帰社きしゃ。】的例子來說明解釋日文文字及詞彙的哪些功能及特色。

5. 試算出以下【蝸牛かたつむり】歌詞的【延べ語数のべごすう】、【異なり語数ことなりごすう】、語彙量，及列出各語使用率的順位。

   でんでん虫々むしむし　かたつむり

   お前まえのあたまは　どこにある

   角つのだせ槍やりだせ　あたまだせ

   でんでん虫々むしむし　かたつむり

   お前まえのめだまは　どこにある

   角つのだせ槍やりだせ　めだま出だせ

6. 以下詞哪些是【重箱読み】，哪些是【湯桶読み】。

【竹輪】、【夕刊】、【先手】、【花屋】、【場所】、【円高】、【見本】、【王様】、【控室】、【消印】、【縁側】、【大蔵省】

7. 請以語構成的觀點分出以下各語分別為單純語、合成語、複合語或派生語。

【すぐ】、【焼きそば】、【安売り】、【小高い】、【お水】、【酒屋】、【別世界】、【扁桃腺】、【安アパート】、【催促がましい】

8. 試說明「漢和辭典」【漢和辞典】和「中日辭典」【中日辞典】的不同。

延伸課題

1. 請由以下語群找出對義語群、並說明爲何種對義關係

【始まる】、【始める】、【あがる】、【あげる】、【買う】、
【覚える】、【終わる】、【もらう】、【降ろす】、【忘れる】、
【思い出す】、【売る】、【もうかる】

2. 試指出以下各合成語伴隨了何種變音現象。

【青空】、【お薬】、【雨傘】、【かんざし】、【真中】、
【仮庵】

3. 請指出以下各 2 字漢字熟語構成要素間的（意思）關係。

【地震】、【堂々】、【高低】、【青葉】

4. 試想【やくざいしかい】的構詞爲何。

5. 日文中對於自己的祖父、外祖父或路邊不認識（甚至看起來
落魄）的老人均可稱之爲【おじいさん】，請試想其文化背
後的關聯性。

6. 試觀察比較分析以下兩部日本國語辭典【国語辞典】中對於
【河童】一詞的語義記述。

（一）『日本国語大辞典』（2014.2.1）

（「河童（かはわらは）」の変化した語。）

(1)想像上の動物。水陸両棲で、四、五歳の子どもくらいの大
きさをし、口先がとがり、背には甲羅や鱗があり、手足に
は水かきがある。頭には皿と呼ばれる少量の水のはいって

いるくぼみがあり、その水があるうちは陸上でも力が強く、なくなると死ぬ。水中に他の動物を引き入れ、その生血を吸う。河童小僧。かわたろう。がたろ。がたろう。川立ち男。川小法師。川小僧。川子。河伯（かはく）。

＊俳諧・桃青三百韻附両吟二百韻〔1678〕「かねのあみかかれとてしも浪の月 河童子（カッパ）のいけどり秋をかなしむ〈信章〉」

＊談義本・豊年珍話〔1760〕四・封の生捕「本草綱目五十一巻獣の部に封（がはたろう）と云あり、関東の言葉にかっぱといふものにて」

＊咄本・寿々葉羅井〔1779〕かっぱ「川太郎（カッパ）、むすこをいだきておよぎきたりしが」

＊洒落本・松登妓話〔1800〕二「来なんすなもすさましい。あきれがとんぼけへりをしそくなって、かっぱそうてんのかうやくをはりそうだ、ふさふさしい」

＊雑俳・柳多留-四六〔1808〕「酔覚に河童は皿の水をのみ」

＊河童〔1927〕〈芥川龍之介〉一「僕が河童（カッパ）と云ふものを見たのは にこの時が始めてだったのです」

(2)（(1)の大好物とされるところから）植物「きゅうり（胡瓜）」の異称。また、「かっぱまき（河童巻）」の略。

＊随筆・庭雑録〔1832頃〕「河童〈略〉其さま胡瓜に似たれば、胡瓜を江戸の俗にカッパと呼ぶとおもへる者多し。さるにはあらず」

＊雑俳・柳多留-一六〇〔1838～40〕「河童を皿へ居酒屋の三杯酢」

(3) 川に舟を浮かべて客を呼ぶ水上売春婦のことをいう隠語。
　　船饅頭（ふなまんじゅう）。
　　＊歌舞伎・助六廓夜桜〔1779〕「何ぢゃの姫御前を河童（カ
　　　ッパ）とは、モウ女子の一分が廃った」
　　＊雑俳・柳多留拾遺〔1801〕巻一六「河岸へ出るかっぱは
　　　鼻をぬきたがり」
(4) 子どもの髪形。髪を結ばず、耳の辺まで垂らして下を切り
　　落としたもの。江戸時代には頭の頂上を丸く剃ったことか
　　らいう。男の子に多く、のちに女の子がするようになった。
　　かっぱあたま。おかっぱ。
　　＊雑俳・柳多留‐一五〔1780〕「こりゃかっぱ十六もんが
　　　持ってこい」
　　＊不言不語〔1895〕〈尾崎紅葉〉九「男の児とは聞けど〈略〉
　　　色は透くばかりに白く漆の如き髪を河童（カッパ）に置
　　　きて、長き奴も可愛く」
(5) 泳ぎのうまい人。水泳の達人。また、泳いでいる子ども。
　　→河童の川流れ。
(6) カッパ（合羽）(4)。

（二）『デジタル大辞泉』（2014.2.1）
《「かわわっぱ」の音変化》
(1) 水陸両生の想像上の動物。身の丈1メートル内外で、口先
　　がとがり、頭上に皿とよばれるくぼみがあって少量の水を
　　蓄える。背中には甲羅がある。人や他の動物を水中に引き
　　入れて生き血を吸い、尻から腸を抜くという。かわっぱ・

河太郎・川子・河伯、その他異名が多い。

(2) 水泳のうまい人。また、泳いでいる子供。

(3) 子供の髪形の一。髪を結ばず耳の辺りまで垂らして下げ、下を切り落としたもの。江戸時代には頭の頂上を丸く剃ったことからこの名がある。→御河童（おかっぱ）

(4) 《河童の好物であるというところから》すし屋などで、キュウリのこと。また、河童巻き。

(5) 《河童が人を引き込むというところから》
見世物小屋などの呼び込み。
江戸の柳原、本所辺りの売笑婦。

參考文獻暨延伸閱讀 （語言別／年代順）

● 中文

▸ 謝國平（1986 再版）《語言學概論》三民書局
▸ 許斐絢（2000）《台灣當代國語新詞探微》國立臺灣師範
  大學華語文教學研究所碩士論文
▸ 顧海根（2000）《日本語概論》三思堂
▸ 王敏東・蔡玉琳（2011）「日語慣用句中譯之探討─以《白
  い巨塔》各譯本為例─」『中華日本研究』3、pp. 41-66.

● 日文

▸ 加茂正一（1944）『新語の考察』三省堂
▸ 金田一春彦（1957（1985 四十二刷））『日本語』岩波新
  書
▸ 国立国語研究所（1964 a）『分類語彙表』秀英出版
▸ 国立国語研究所（1964 b）『現代雑誌九十種の用語用字
  第三分冊：分析』（http://db3.ninjal.ac.jp/publication_db/
  item.php?id=100170025）（2014.4.6）
▸ 阪倉篤義（1978 四版）『語構成の研究』角川書店
▸ 田中章夫（1978）『国語語彙論』明治書院
▸ 小学館国語辞典編集部（1980 初版）『日本国語大辞典』
  小学館
▸ 国立国語研究所（1984）『語彙の研究と教育（上）』大
  蔵省印刷局
▸ 加藤彰彦・佐治圭三・森田良行（1989）『日本語概説』

桜楓社

▸玉村文郎編（1989 初版；2000 三版）『講座　日本語と日本語教育　7　日本語の語彙・意味（下）』明治書院

▸米川明彦（1989）『新語と流行語』南雲堂

▸北原保雄・東郷吉男編（1989）『反対語対照語辞典』東京堂出版

▸塩田紀和・中村一男編（1993 六三版）『反対語辞典』東京堂出版

▸沈国威（1994）『近代日中語彙交流史：新漢語の生成と受容』笠間書院

▸前田富祺・前田敦子（1996）『幼児語彙の統合的発達の研究』武蔵野書院

▸水原明人（1996）『「死語」コレクション　歴史の中に消えた言葉』講談社

▸国広哲弥（1997 初版；1998 五版）『理想の国語辞典』大修館書店

▸文化庁（1997）『言葉に関する問答集―外来語編―』大蔵省印刷局発行

▸水原明人（1997）「消えた言葉・消えない言葉」『国文学 解釈と教材の研究』第 42 巻 14 号、pp. 57-61.

▸阪本一郎（1998 復刻版）『日本語基本語彙　幼年之部』明治図書株式会社

▸姫野昌子・小林幸江・金子比呂子・小宮千鶴子・村田年（1998）『ここからはじまる日本語教育』ひつじ書房

▸文化庁（1998）『言葉に関する問答集―外来語編 (2)―』

大蔵省印刷局発行

▸泉均（1999）『やさしい日本語指導 9 言語学』凡人社

▸伊坂淳一（2000 初版 5 刷）『ここからはじまる　日本語学』ひつじ書房

▸北原保雄・徳川宗賢・野村雅昭・前田富祺・山口佳紀（2000 三十四版）『国語学研究法』武蔵野書院

▸北原保雄（2000）『概説　日本語』朝倉書店

▸小林信彦（2000）『現代＜死語＞ノート　Ⅱ　—1977〜1999—』岩波新書

▸玉村文郎（2000 第 10 刷）『日本語学を学ぶ人のために』世界思想社

▸アークアカデミー編（2002）『合格水準　日本語教育能力検定試験用語集　新版』凡人社

▸窪薗晴夫（2002）『新語はこうして作られる』岩波書店

▸倉島節尚（2002）『辞書と日本語 国語辞典を解剖する』光文社

▸庵功雄・日高水穂・前田直子・山田敏弘・大和シゲミ（2003）『やさしい日本語のしくみ』くろしお出版

▸国立国語研究所（2004）『分類語彙表 増補改定版』大日本図書

▸王敏東・許巍鐘（2005）「「扁桃腺」という言葉の成立について　付：関連語彙にも触れながら」『国語語彙史の研究』24、pp.320-336.

▸佐藤武義（2005）『現代日本語のことば』朝倉書店

▸姫野昌子・上野田鶴子・井上史雄（2005）『現代日本語

の様相』放送大学教育振興会

▸陳錦怡・王敏東（2005）「新流行語の使用状況―時間と領域―」『台湾日本語文学報』20、pp. 339-362.

▸山口堯二（2005）『日本語学入門』昭和堂

▸沖森卓也・木村義之・陳力衛・山本真吾（2007 二刷）『図解日本語』三省堂

▸王敏東・陳盈如（2008）「日本の流行語の台湾での使用状況―戦後の漢字表記語を中心に―」『漢字文化圏諸言語の近代語彙の形成　創出と共有』関西大学出版部、pp. 289-309.

▸国立国語研究所（2009）『辞書を知る』ぎょうせい

▸藤田保幸（2010）『緑の日本語学教本』和泉書院

▸林玉恵（2010）「日中翻訳における文化に関する語彙の訳語選びの問題点―『窓ぎわのトットちゃん』を例として―」『日本語学最前線』和泉書院、pp. 205-224.

▸荒川洋平（2011）『日本語多義語学習辞典　名詞篇』アルク

▸今井新悟（2011）『日本語多義語学習辞典　形容詞・副詞篇』アルク

▸石川慎一郎（2012）『ベーシックコーパス言語学』ひつじ書房

▸森山新（2012）『日本語多義語学習辞典　動詞篇』アルク

▸姚丞倫（2012）『日本語における近現代中国語からの語彙に関する考察―麻雀用語を中心に―（日語中的近現代中文借用詞―以麻將用語為例―）』臺灣大學日本語文研

究所碩士論文

▸王敏東（2013）「新語の消長について―2008 年の各ジャンルにおける新語を例として―」『東呉外語學報』37、pp. 67-93.

▸小林健治（2013 三刷）『差別語　不快語』にんげん出版

▸林慧君（2013）『現代日本語造語の諸相』国立台湾大学出版中心

▸櫻井豪人（2014）「語彙（史的研究）」『日本語の研究』第 10 巻 3 号、pp. 33-40.

▸王敏東（2014.11.16）「和製英語の意味範疇についての量的な考察」、第 10 回国際日本語教育日本研究シンポジウム、香港

▸王敏東（2014）「和製英語「デパート」考」『或問』26、pp.45-57.

▸林立萍（2014）『日本昔話語彙の研究』台大出版中心

▸国立国語研究所「「外来語」言い換え提案」（http://www.ninjal.ac.jp/gairaigo/Teian1_4/iikae_teian1_4.pdf#search='%E5%A4%96%E6%9D%A5%E8%AA%9E%E3%81%AE%E8%A8%80%E3%81%84%E6%8F%9B%E3%81%88%E3%81%AB%E3%81%A4%E3%81%84%E3%81%A6%E3%81%AE%E6%8F%90%E6%A1%88'）（2014.3.31）

▸玉村文郎（1998）「語彙研究　日本語の単語の諸性質と語彙の教育」国際交流基金　日本語教育　通信（https://www.jpf.go.jp/j/japanese/survey/tsushin/reserch/pdf/tushin30_p10-11.pdf#search='%E6%97%A5%E6%9C%AC%E8%AA%

9E%E3%81%AE%E3%82%AB%E3%83%90%E3%83%BC%E7%8E%87'）（2014.7.11）

▸ユーキャン新語・流行語大賞（http://singo.jiyu.co.jp/）
　（2014.12.25）

第五章　文法

　　日文的「文」【文】相當於中文的「句子」，日文的「文法論」【文法論】即是有系統地研究句子結構、意含等一般法則的學問。亦即文法是語言內在事實的規則性。因此具有支撐語言表現（或必需遵守的）規則性。句子是由敘述內容【叙述内容】及說話者以怎樣的主體認識、評價以及用怎樣的態度來將發話全體傳達給聽話者的言表態度【言表態度】所構成。敘述內容日文又稱作【言表事態；命題；コト】，言表態度相當於法（Modality），日文或稱爲【陳述；モダリティ；ムード】。兩者的關係如下圖。

敘述內容	言表態度

圖 1　句子

比如【半沢さんは来ないだろう。】此一發話中，

　　敘述內容 ＝【半沢さんは来ない】コト
　　言表態度 ＝【ダロウ】
即

半沢さんは来ない	だろう

句子通常由單字或文節組成，文法則是潛在語言表象之內的複雜法則，未必能直接觀察得知，但透過記述者的語言觀、目的、對象、方法等可能構築一些體系。因此很多文法體系冠以記述者名字，如「橋本文法」【橋本文法】、「時枝文法」【時枝文法】等。

　　文法研究中，研究構成句子成分的「單字」（語【語】）的種類或性質等的稱爲詞類【品詞（論）】，而研究句子性質、種類、構造等的則是構文論【構文論】，或稱統語論【統語論；シンタクス】（syntax）。

第一節　詞類

　　將單字以文法的觀點來做分類的叫做詞類【品詞】。最廣爲人知的日文品詞分類是被融入日文學校文法【学校文法】的橋本文法【橋本文法】的分類。橋本文法將日文除了分成單字與句子以外，還分了一個叫做「文節」【文節】的單位。比如【私は / ゆうべ / 友達と / 西門町へ / 映画を / 見に / 行きました。】（我昨晚跟朋友去西門町看了電影。）中以斜線 / 區分出來的部分即爲文節。如此將文節再分解，可以得到兩種語群，一爲可單獨使用的自立語【自立語】，如上例中的【私】、【ゆうべ】、【友達】、【映画】、【見る】、【行く】，另一爲通常依附

於自立語下，不能單獨使用的附屬語【付属語】，如上例中的【は】、【と】、【へ】、【を】、【に】、【ます】、【た】等。依此原則，日文中最常見的品詞分類如下。

表 1　日文品詞分類表

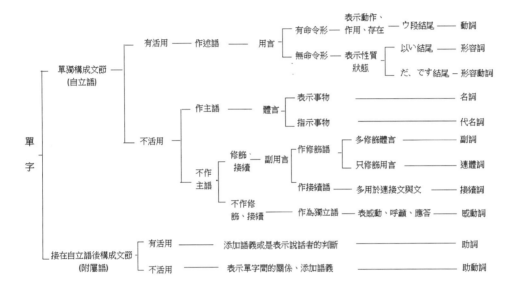

　　一般在學習日語的階段多會在文法的課程中包含到各個詞類的介紹，本書以下僅做重點的提示。

　　體言【体言】包含名詞、代名詞、數詞，另外，日文的名詞沒有性、數的區別。比如類似【こたつの上にみかんがある。】這種日文常見的句子並無法看出到底有幾個橘子。對於人，若要表示複數可以用【～たち】（如【私たち】）、【～ら】（如【彼ら】）、或【～がた】（如【皆様がた】）等，另外也有少

數疊語【疊語】的字（如【人びと】、【時々】）也可以表示複數。

數詞包含如「一」【一】、「二」【二】、「三」【三】等表示數的詞，「～人」【～人】、「～台」【～台】等助數詞，及如「第一」【第一】等表示順序的序助詞。

副詞大體上分為表示事物狀態的狀態副詞【狀態副詞】，如【ゆっくり】、【わざと】等，表示性質、狀態程度的程度副詞【程度副詞】，如【僅か】、【かなり】等，另外還有為了呼應述語陳述方式的陳述副詞【陳述副詞】，如【たぶん】（後需接不確定的表現）、【必ずしも】（後需接否定）等。

連體詞為連接體言的詞，即其後恆常接名詞，不能單獨使用，如【この人】、【ある日】中的【この】（這個）、【ある】（某一）等等。

接續詞通常接於句子與句子之間，但也可接於語節或語詞之間，通常有順接（如【だから】、【それで】等）、逆接（如【けれども】、【しかし】等）、累加（如【また】、【および】等）、選擇（如【もしくは】、【それとも】等）的接續關係。

附屬語的助詞可分為格助詞、係助詞、接續助詞和終助詞。

第 ● 節 句子的構造與種類

句子需意識到其所表達的是一個完整的概念，因此句子在

外形上必需是「音的連續」、「句子的前後必定有斷音之處」、「句末附有特定的音調」。

　　前述學校文法是將句子的構造依文節的關係來加以說明的。比如像【花が咲く。】（花開。）這種主述句，【パンを作る。】（做麵包。）、【正しく報告する。】（正確地報告。）這類的連用修飾，【グラスのワインを（飲んだ。）】（喝了酒杯中的葡萄酒。）、【曇った天気】（陰天）這樣的連體修飾，【そこに買い物かごを置いて、商品を選んだ。】（將購物籃放在那邊選商品。）、【白く美しい肌が…】（美白的肌膚…）這種的並列句，【いつまでも働いている。】（一直工作）、【われわれは台湾人である。】（我們都是臺灣人）、【お化けなんか怖くない。】（才不怕什麼妖怪呢。）等的補助關係等。

　　另外，句子從性質、表現意圖上可分成平述句【平叙文】、疑問句【疑問文】、命令句【命令文】和感嘆句【感動文】。

　　日文文法常討論主語【主語】。一般多將主語界定為表示動作或狀態的主體，日文中常以【～は】【～が】的形式出現。英文「I want」「She wants」等是由主語決定動詞的表現方式，在句子架構上具決定性作用，即若不確定主語則句子無法成立。但日文【～は】【～が】不論其是否是主語，卻未必會決定述語的形態。因此就這個層面上而言，日文並沒有像西歐語言那樣的「主語」。另一方面，日文中的【～は】【～が】也不一定是用

以表示動作或狀態的主體。比如說【お金はもらった。】（意指【お金をもらった。】）（錢我拿走了。），或如【ディズニーランドはもう何回も行った。】（意指【ディズニーランドにもう何回も行った。】）（迪士奈樂園已經去過好幾次了。）這樣的句子，其中【〜は】稱不上是動作或狀態的主體，但在日文裏卻是非常一般普遍的用法。而【〜が】通常多為動作或狀態主體，但如【幼い頃が懐かしいなあ。】（兒時眞令人懷念。）這種以感情形容詞為述語的句子，【〜が】的部分則並非表示感情的主體，而是表示對象。由此可知不能僅單純地用【〜は】【〜が】來界定是否為主語。因此有人認為可將【〜は】視為主題，比如【象は鼻が長い。】（大象鼻子長。）中【象は】（大象）是主題（【テーマ】），而對該主題則有【鼻が長い】（鼻子長）這樣的描述。

第 三 節　國語文法與日語教育文法

　　本書在第一章第三節曾提及「日本人稱他們自己的語言叫國語【国語】，但對外國人而言日語並不是自己的母語，所以日文作【日本語】，換句話說日文中的【国語】與【日本語】的內涵指的是同一個東西，但適用的對象不同。」。當然不同對象即便對於同一內涵的認知也會有不同角度。比如以日本人為對象的文法（【国語文法】）教育是採用所謂的學校文法

【学校文法】❶，本章第一節表 1 列出其詞類分法或名稱，因此日本的國語辭典（日日辭典）或文法書籍中多採用此套概念或用詞，但這樣的分類或用詞未必適用於以日語爲學習目標語言的外國人，因此後來發展出另一套所謂日語教育文法，比如對於國語文法中所謂的【形容動詞】，因其以【～な】的形態修飾名詞，故稱之爲【な形容詞】。另對於動詞傳統的五分類中上一段動詞【上一段動詞】及下一段動詞【下一段動詞】因文法變化一樣，無需分爲兩類，故將之歸爲一類稱爲第二類動詞❷。對於各活用形的名稱也多直接以後接形態如【ない形】、【ます形】、【て形】、【ば形】等來稱呼❸。

　　野田（2010）曾主張注重溝通的日語教育文法，如其提出「從無目的的文法邁向聽說讀寫的個別文法（【無目的な文法から聞く・話す・読む・書くそれぞれの文法へ】）」、「從正確的文法邁向能達成目的課題的文法（【正確さ重視の文法から

---

❶ 亦即在學校教育中教授的國語文法，中學以口語文法爲主，高中則教授文語文法。

❷ 第一類動詞相當於國語文法的五段動詞。第三類動詞則爲活用變化特殊但數量少的 sa 行變格動詞及 ka 行變格動詞。

❸ 【ない形】爲國語文法的未然形【未然形】，【ます形】及【て形】爲國語文法的連用形【連用形】，【ば形】爲國語文法的假定形【仮定形】，而國語文法的【終止形・連体形】在日語教育文法則稱爲【辞書形】。

目的達成できる文法へ】）」、「以形式爲基盤的文法邁向以機能爲基盤的文法（【形式を基盤とする文法から機能を基盤とする文法へ】）」等觀念。並有野田（2012）等相關後續的研究業績。但在王（2011）對當時臺灣各日語系開授文法相關課程的教師所做的調查結果顯示，相較於日語教育文法，傳統的國語文法在日語系文法課程中還是居於比較普遍中堅的位置。但近年隨著Can-do概念❹的普及，未來態勢是否有所轉變值得觀察。

第 ④ 節 　態、相、時、法

　　日文的述語在句中居於中心的位置，通常可分態【態；ヴォイス】（Voice）、相【相；アスペクト】（Aspect）、時【時制；テンス】（Tense）、法【モダリティ】（Modality）等幾個層次來討論。

---

❹ 所謂的 Can-do 的概念是歐洲於本世紀初提出的歐洲共同語言參考標準（Common European Framework of Reference for Languages，簡稱 CEFR），意指某人使用某種語言能完成什麼樣的課題（明示該課題或場面及條件），對第二外語及外語教育的影響很大，其中包含 53 項語言能力及語言活動的範疇，其下再分爲 493 條 Can-do 的記述（Can-do statements），日本國際交流基金曾將其略作調整修改爲【JF 日本語教育スタンダード】，東京外國語大學也提出【JLC 日本語スタンダード】。近年我國也有學者從事相關的實踐研究。

（一）態

　　比如【春夫が夏子を殴った。】（春夫打夏子。）、【夏子が春夫に殴られた。】（夏子被春夫打。）、【春夫が夏子と殴りあった。】（春夫和夏子互毆。），因主語不同而表現形態不同，像這種因格助詞的相關關係而呈現的動詞的形態稱作態【態；ヴォイス】（Voice），通常包含被動【受け身】、使役【使役】、相互及可能、自發等。如前述【夏子が春夫に殴られた。】（夏子被春夫打。）為被動態的句子【受身文】，【お母さんは子どもに野菜を食べさせる。】（媽媽要小孩吃蔬菜。）為使役態的句子，【A歌手のニューアルバムはよく売れる。】（A歌手的新專輯大賣。）為自發態的句子，【台北から台中まで新幹線で1時間で行ける。】（從臺北到臺中搭高鐵一個小時就可以到。）為可能態的句子。

　　另外，日文自動詞【自動詞】與他動詞【他動詞】的對立基本上包含語彙層次的問題，但因在構造及意思層面和態有非常密切的關聯，所以在做態的討論時，也常常會提到自他動詞。比如【座る】為沒有相對應他動詞的絕對自動詞【絶対自動詞】，因此為了填補如自動詞句【犬が座る。】（狗坐下。）上語彙的空隙，就會利用自動詞＋使役句的【新ちゃんが犬を座らせる。】（小新讓狗坐下。）。

日文的被動句可分成三種：直接被動句【直接受動文（ちょくせつじゅどうぶん）】、間接被動句【間接受動文（かんせつじゅどうぶん）】及所有者被動句【所有者受動文（しょゆうしゃじゅどうぶん）】。

直接被動句如：

【a あいつは犯人（はんにん）に殺（ころ）された。

b 利香（りか）ちゃんのペットが何者（なにもの）かによって盗（ぬす）まれた。】

（a 那傢伙被犯人殺了。

b 利香的寵物被（某人）偷了。）

其中被動句【あいつは犯人（はんにん）に殺（ころ）された。】、【利香（りか）ちゃんのペットが何者（なにもの）かによって盗（ぬす）まれた。】分別意指【犯人（はんにん）はあいつを殺（ころ）した。】（犯人殺了那傢伙。）、【何者（なにもの）かが利香（りか）ちゃんのペットを盗（ぬす）んだ。】（某人偷了利香的寵物。）這樣的能動句【能動文（のうどうぶん）】。

間接被動句如：

【a 一般人（いっぱんじん）はテロに無警戒（むけいかい）の会場（かいじょう）を襲（おそ）われた。

b 登校中（とうこうちゅう）で、沙織（さおり）は雨（あめ）に降（ふ）られた。】

（a 民眾在無警備的會場被恐怖份子攻擊了。

b 紗織在上學途中被雨淋了。）

此類句子多半伴隨受害意識，日文或可稱作【迷惑受身（めいわくうけみ）】，此類的被動句是日文的特徵之一。

所有者被動句如：

【ａ利香ちゃんは何者かによってペットを盗まれた。

　　ｂ隣の奥さんは先生に娘をほめられた。】

（ａ利香的寵物被偷了。

　　ｂ隔壁太太的女兒被老師稱讚。）

上述直接被動句將主格跟受格對調可以變換成

【ａ犯人があいつを殺した。

　　ｂ何者かによって利香ちゃんのペットが盗まれた。】

（ａ犯人殺了那傢伙。

　　ｂ利香的寵物被（某人）偷了。）

的能動句【能動文】。但卻沒有

【ａテロが一般人を無警戒の会場を襲った。×

　　ｂ登校中で、雨が沙織を降った。×】

或

【ａ何者かが利香ちゃんをペットを盗んだ。×

　　ｂ先生が隣の奥さんを娘をほめた。×】

這樣的句子。但所有者被動句是可以有

【ａ何者かが利香ちゃんのペットを盗んだ。

　　ｂ先生が隣の奥さんの娘をほめた。】

（ａ有人偷了利香的寵物。

　　ｂ老師稱讚隔壁太太的女兒。）

這樣相對應的句子。

使役句依使役格的助詞有如：

【a 母は子を勉強させた。

　　b 母は子に勉強させた。】

（a 母親叫小孩讀書。

　　b 母親讓小孩讀書。）

等 wo 使役句【を使役文】和 ni 使役句【に使役文】。一般認爲 wo 使役句比較趨向強制、命令的語氣，ni 使役句則是較爲偏容許、放任的感覺。

可以形成使役的動詞需爲動作或變化的動詞，因此如【ある】、【要る】、【泳げる】等是不會有使役形態的。

（二）相

相著眼於一個動作從開始、進行，一直到結束的過程中是居於其間哪個階段或時間點的討論。比如：【書き始める、書いている、書き終わる、書いてある】（開始寫、正在寫、寫完、寫下來了）分別表示【書く】這個動作的開始、進行中、結束及結束後留存下來的結果。

日本學者金田一春彥氏【金田一春彦】曾以【ている】的接續及其表示的意思將日文的動詞做過討論。比如：

【a 小雨が降っている。

　　b 子どもが廊下を走っている。】

（a（現在正在）下著小雨。

　　b小孩在走廊上跑（著）。）

　其中【降る】、【走る】等繼續動詞【継続動詞】所接的【ている】表示動作的正在進行【（動作）進行】。

　而以下同樣以【ている】呈現的句子

　【a床にゴキブリが死んでいる。

　　bドアが開いている。】

（a蟑螂死在地板上。

　　b門是開著的。）

　此二【死ぬ】【開く】瞬間動詞【瞬間動詞】所接的【ている】表示的是動作狀態結束殘存的結果【結果（殘存）】。

　如果在句中或上下文中沒有特別的附加條件，原則上上述【降る】等表示動作主體活動的主體動作動詞【主体動き動詞】其【ている】形爲現在進行，【死ぬ】等表示主體變化的主體變化動詞【主体変化動詞】其【ている】形則表示結果。但需注意的是，如動詞【舞う】在以下：

　【aほこりがちらちら舞っている。

　　bほこりが一面に舞っている。】

句中，前者表示動作的進行（塵埃正一點一點地往下落），後者表示動作的結果（塵埃落了一地）。

另外，如表示存在的【ある・いる】等狀態動詞【状態動詞】基本上不會有【ている】的形態。而如【優れる】、【聳える】、【似る】等通常會以【優れている】、【聳えている】、【似ている】的形態出現，金田一春彥氏將其稱爲第四種動詞。

日文的【ている】也有其他如【マークさんは毎朝コーヒーを飲んでいる。】（馬克每天早上都喝咖啡。）表示動作的反覆【反復】，或如【あの商店街は子供の頃よく通っていた。】（小時候曾走過那條商店街。）表示經驗【経験】等的意義。

日文的相有許多的表現形態，除前述【書く：書いている（書いてある）】原形【辞書形】和【ている形】的對立外，尚可利用動詞連用形【連用形】接續的【～始める、～出す、～かける、～続ける、～続く、～終る、～終える、～やむ】，或借助【て】的【～ていく、～てくる、～てしまう】等的形式呈現。其中【～てしまう】主觀情感的色彩較濃，比如【話してしまう】、【話し終る】兩者均是表示「說完」的意思，但前者【話してしまう】還包含了說話者「一言既出，無法恢復到尚未說出之前的狀態」的懊惱、不希望其發生、不可挽回的心情。

（三）時

時基本上以說話時間爲基準，探討某個動作是在其之前或

之後等。日文的時通常以原形和 ta 形【た形】的對立呈現。若述語爲【ある‧いる】等之狀態性述語【状態性述語（じょうたいせいじゅつご）】如：

【a 椅子（いす）の下（した）に猫（ねこ）がいる。

　b 椅子（いす）の下（した）に猫（ねこ）がいた。】

（a 貓在椅子下。

　b 椅子下之前有貓。）

原形爲發話時間的「現在」，ta 形則表較發話時間先前的「過去」。

若述語爲非狀態性述語【非状態性述語（ひじょうたいせいじゅつご）】如：

【a 雪（ゆき）が降（ふ）る。

　b 雪（ゆき）が降（ふ）った。】

（a 會下雪。

　b 下了雪。）

原形爲較發話時間晚的「未來」，ta 形則表較發話時間先前的「過去」。

另外，日文中的時態包括絕對時態【絶対（ぜったい）テンス】和相對時態【相対（そうたい）テンス】，絕對時態指說話的時間和事件成立的先後關係。如【はい、今（いま）行（い）く。】、【先（さき）ほど鈴木（すずき）さんが来（き）た。】，前者用動詞原形表示「未來」，後者用 ta 形表示「過去」。而相對的時態是以主節敘述的事件成立時間爲基準來表示與其時間先後的關係。如【雪（ゆき）が〔降（ふ）る / 降（ふ）った〕ので、屋内（おくない）に入（はい）った。】

（因爲〔會下雪／下雪了〕，所以進了屋內。）、【主人が〔帰る／帰った×〕前に、夕飯を〔つくる／つくった〕。】（在先生回家前〔要煮飯／煮好了飯〕。）、【くつを〔脱いだ／脱ぐ×〕後で、部屋に〔入る／入った〕。】（脱了鞋之後才〔要進房間／進了房間〕。）

此外，如：【あっ、こんなところにあった。】（啊，原來在這裏。）、【締め切りはいつだったっけ？】（截止時間是什麼時候來著？）、【さあ、きょうは早く帰った帰った。】（喝，今天早點回去。）等 ta 形的表現與說話者主觀的言表態度有關，亦即 ta 形有「發現、察覺」或輕微命令的意義。

（四）法

誠如本章第一段所示，法主要討論的是說話者是以怎樣的態度來陳述句子的言表態度。從階層性而言，日文的法包含兩個部分，一爲關乎句子傳達【伝達】的法，包含如平述句、疑問句、感嘆句和命令句；另一是關乎說話者判斷【判斷】的部分。而與判斷相關的句子只會出現在平述句和疑問句中。如【台風はあした来るだろう。】（颱風明天會來吧。）、【彼は行くまい。】（他不會去吧。）、【もう目が覚めたようだ。】（似乎已經醒了。）、【彼女は怒っているみたいだ。】（她好像生氣了。）、【厳しくチェックしているらしい。】（好像在嚴格地檢查的樣

子。）、【わざとしたそうだ。】（據說是故意的。）句中表示推量、推定、傳聞等說話者對於事態不確定的表現都是日文法的討論範圍。

日文的法可以a述語的活用形、b各種述語附加形式、c感動詞、d語調等方式呈現。如以下的例句。

【a言え。

b言いなさい。

cえ？

d言う？】

（a你給我說！

b請說。

c咦？

d說嗎？）

第 **五** 節　**語用論**

語用論【語用論】（pragmatics）屬記號論的一個部分，或有被視爲是文法論的鄰接分野，主要在探討記號與使用該記號（或解釋該記號）的人之間的關係❺，亦即研究語言與人的關係，

---

❺ 莫里斯【チャールズ・モリス】（Charles William Morris）記號論的三分野分別是統語論（syntax）、意義論（semantics）及語用論（pragmatics）。統語論討論的是記號間的關係，意義論是記號與對象關係的研究，而語用論則是記號與解釋者關係的研究。Robyn Carston【ロビン・カーストン】

也就是人如何使用語言、來做什麼的研究領域。語用論特別在意句子（sentence）的意義及發話【発話】（utterance）效力間情報資訊量的差距，亦即語用論所要回答的是 (1) 說話者所欲直接傳達的是什麼、(2) 說話者所欲傳達的間接的含意（imply）是什麼、(3) 意圖的文脈（assumption）是什麼。實質的語用論的研究約始於 1960～1970 年代。相對於意義論在於討論句子的意義，語用論的工作則是在研究「發話的意圖、意義」【発話の意味】，語用論的目標在解釋發話的過程及闡明支配其過程的原理。比如妻子對丈夫說【椅子のあしが折れてしまった。】（椅子的腳斷了。），其要傳達的未必僅止於字面上「椅子的腳斷掉了」的這項客觀事實的說明，說不定是希望丈夫將椅子修好，或者是想要丈夫買把新的椅子回來。因此語用論非常注重上下文的脈絡【文脈】。目前對於發話解釋的理論有如關聯性理論【関連性理論】（Relevance Theory）、【ポライトネス理論】（politeness）等，關聯性理論是如何解釋發話的理論，而為了讓人際關係順暢的語言策略之【ポライトネス理論】則是 1987 年 Brown and Levinson 所提倡的。

（2008：146）指出語言溝通中明示部分及非明示部分的區隔即意義論跟語用論的區別，前者常基植於後者，但也有人認為兩者是相互分攤的。

練習

1. 試說明【太郎が帰ってきたし、もうすぐ二郎も帰ってくるし、そろそろ家族全員そろうだろう。】句中幾個動詞的時、相、法。

2. 試比較【これは日本に〔行く／行った〕時買ったかばんです。】的異同。

3. 試舉例說明【～始める】【～出す】的不同。

4. 在外忙了一天的大哥回家打開冰箱，吃了冰箱裏一塊草莓蛋糕當做宵夜，然而那塊蛋糕是妹妹從男朋友那裏第一次得到的小禮物，妹妹捨不得吃，打算先好好珍藏在冰箱內的。請試以日文被動句的方式來表現上述的狀況。

5. 氣溫 32 度的炎熱初夏，老師從一樓爬樓梯至六樓的教室，一進到門窗緊閉未開冷氣的教室，（此時上課鐘聲響起，）老師對在教室裏的同學說了一句【暑いですね。】（好熱喔！），試以語用論的角度探討此處老師【暑いですね。】這項發話的意涵，以及爲何得知老師所欲表達的事項。

延伸課題

1. 請指出以下 a、b、c 三句何者為句子？何者為接續成分？何者為連體修飾成分？a、b、c 三者中共通的構文上的特徵為何？

　a【花がきれいに飾られている。】

　b【花がきれいに飾られていて、とても立派だ。】

　c【花がきれいに飾られているロビーが好きだ。】

2. 試舉例說明主體變化動詞【死ぬ】有無可能表示動作的進行。

提示

　【ヒント】→試考慮若主語不是一個單獨的個體，而是某一大區域範圍內因特殊事件而發生的接二連三的死亡。

3. 試說明比較以下 a、b、c 三者的時態。

　a【今、マニュアルを読みました。】

　b【今、マニュアルを読んでいます。】

　c【今、マニュアルを読みます。】

4. 【行かせたから】松下大三郎氏認為是 1 長語，山田孝雄氏認為是【行かせた＋から】的 2 語，時枝誠記氏認為是【行かせ＋た＋から】，而橋本進吉氏則認為是【行か＋せ＋た＋から】，試說明其各自的觀點。

5. 【これじゃ、安倍さんは先生に怒ら・れ・なかっ・た・だろう。】不能說成【怒ったられないだろう。×】或【怒るだろうなかった。×】等，亦即需為 (1) 態（被動、使役、能動等）、(2) 肯定 - 否定、(3) 時（過去、現在、未來）、(4) 法（斷定、推量等），試思考其順序的意義。

參考文獻暨延伸閱讀（語言別 / 年代順）

● 中文

▸ 顧海根（2000）《日本語概論》三思堂

▸ 王敏東 ・ 李幸禧（2008）《日語語法通》致良出版社

▸ J-GAP TAIWAN（2014）《日語 A1A2 級的教材教法 日語教師用書》致良出版社

● 日文

▸ 金田一春彦（1957（1985 四十二刷））『日本語』岩波新書

▸ 奥津敬一郎（1978）『「ボクハウナギダ」の文法―ダとノ―』くろしお出版

▸ 北原保雄（1993 三版）『日本語助動詞の研究』大修館書店

▸ 高見澤孟・ハント蔭山裕子・池田悠子・伊藤博文・宇佐美まゆみ・西川寿美（1999 三刷）『はじめての日本語教育・1[日本語教育の基礎知識]』アスク

▸ 伊坂淳一（2000 初版 5 刷）『ここからはじまる　日本語学』ひつじ書房

▸ 北原保雄・徳川宗賢・野村雅昭・前田富祺・山口佳紀（2000 三十四版）『国語学研究法』武蔵野書院

▸ 町田健（2000）『語用論への招待』大修館書店

▸ 今井邦彦（2001）『日本語のしくみがわかる本』研究社出版

▸三上章（2002 新装版第八刷）『日本語の構文』くろしお出版

▸加藤重広（2003）『日本語修飾構造の語用論的研究』ひつじ書房

▸町田健編；加藤重広著（2004）『日本語語用論のしくみ』研究社出版

▸ヘレン・スペンサー＝オーティー編著；浅羽亮一監修；田中典子・津留崎毅・鶴田庸子・熊野真理・福島佐江子訳（2007 二刷）『異文化コミュニケーションの語用論』研究社

▸ロビン・カーストン（Robyn Carston）著；内田聖二・西山佑司・武内道子・山崎英一・松井智子訳（2008）『思考と発話　明示的伝達の語用論』研究社

▸国際交流基金「JF 日本語教育スタンダード 2010[第二版]」（2010 初版；2012 第二版）（http://jfstandard.jp/pdf/jfs2010_all.pdf）（2014.4.11）

▸野田尚史編（2010）『コミュニケーションのための日本語教育文法』くろしお出版

▸山岡政紀・牧原功・小野正樹（2010 再版）『コミュニケーション配慮表現　日本語語用論入門』明治書院

▸王敏東（2011）「台湾の日本語学科における文法授業の内容について―国文法・日本語教育文法・新しい日本語教育文法の位置付け―」『日本学刊』第 14 号、pp. 115-133.

▸野田尚史（2012）『日本語教育のためのコミュニケーシ

ョン研究』くろしお出版

▸加藤重広（2013）『日本語統語特性論』北海道大学出版会

▸鈴木美加・藤森弘子・藤村知子・鈴木智美・中村彰・花園悟・伊集院郁子（2013）「大学教育における日本語コースの Can-do 設定—日本語の技能を言語知識や態度と結びつけた記述の試み—」『東京外国語大学留学生日本語教育センター論集』39、pp. 65-82.

▸簡卉雯（2014）「日本語パーフェクト用法のシテイルの使用—中国語母語話者と日本語母語話者の比較を通して—」『東呉外語學報』38、pp. 83-103.

▸井上優「モダリティ」国立国語研究所（http://www2.ninjal.ac.jp/takoni/DGG/09_modarityi.pdf#search='%E3%83%A2%E3%83%80%E3%83%AA%E3%83%86%E3%82%A4%E3%83%BC'）（2014.2.7）

▸国際交流基金「みんなの Can-do サイト」（https://jfstandard.jp/cando/top/ja/render.do）（2014.4.11）

▸宇佐美まゆみ（2002）「ポライトネス理論と対人コミュニケーション理論」『日本語・日本語教育を研究する第 18 回 』（https://www.jpf.go.jp/j/japanese/survey/tsushin/reserch/pdf/tushin42_p06-07.pdf#search='%E3%83%9D%E3%83%A9%E3%82%A4%E3%83%88%E3%83%8D%E3%82%B9'）（2014.7.14）

第六章　文章、談話分析

　　以日本國語學單位的概念來看，音素【音素】形成語【語】，語形成文節【文節】，文節形成句子【文】，再由句子形成文章【文章】。時枝誠記【時枝誠記】首先將日語的句子與文章連結討論，時枝在其《日本文法論 口語篇》【『日本語文法論 口語篇』】中定義文章是一具有統一完結的語言表現❶，文章論【文章 論】一般是在討論文章的構造（比如段落或句子的關係等）或性質，比如傳統的起承轉合【起 承 転結】構造常被視爲典型的文章結構。文章中句子與句子的連接通常有順接 ・ 展開【順接・展開】、逆接 ・ 相反【逆接・反対】、累加 ・ 並列【累加・並列】、說明 ・ 補足【説明・補足】、選擇【選択】、轉換

---

❶ 原文作「…文章は、從來、語及び文の集積或は運用として扱はれたもので、例へば、芭蕉の『奧の細道』や漱石の『行人』のやうな一篇の言語的作品をいふのである。これらの文章が、それ自身一の統一體であることに於いて語や文と異なるものでないことは明かである。」。但其實時枝只提出了文章論的概念及重要性，並無具體的分析例。之後對於時枝文法也有一些批評的意見，但事實上對於文章的定義學界尙無完全的共識，有時甚至需視研究目的的不同而對文章做不同的定義。

【転<ruby>換<rt>てんかん</rt></ruby>】等類型。

以音聲語言呈現的或稱「談話」【談<ruby>話<rt>だんわ</rt></ruby>】❷，通常有以下幾個傾向：(1) 句子較短，構造也偏單純、(2) 常省略主語或其他部分、(3) 使用較多的倒裝形態、(4) 較常使用指示詞、(5) 較常使用待遇表現（敬語）、(6) 多出現終助詞、感動詞等、(7) 無特別意義的反覆或單純連接作用的接續詞較多、(8) 較少使用漢語、古語等生硬表現、或翻譯性、文學性表現、(9) 多用【です】、【ます】的丁寧體或【だ】的普通體，部分【でございます】的文體、(10) 語順或有混亂、呼應不一致、話題跳躍等不統整的情形。相對的，書面文章則通常有較長的推敲時間，也無法藉助身體語言或表情，因此其特性傾向就與上述 (1) ～ (10) 點相反。同時也可避開【私<ruby>立<rt>しりつ</rt></ruby>】【市<ruby>立<rt>しりつ</rt></ruby>】、【<ruby>柿<rt>かき</rt></ruby>】【牡<ruby>蠣<rt>かき</rt></ruby>】等同音異義語的困擾。

第 一 節　文章的類型與性格

文章的分類有幾種觀點。傳統上依表現意圖可以將文章分為藝術的文章和實用的文章。前者以語言表現本身為目的，如小說、（文學性的）隨筆等，後者是以語言表現為手段來達成其實用上的目的，如說明文、論說文、報告、宣傳廣告、書信等。另外，同樣是以目的為基準，還可將文章分為一是以傳達訊息為目

---

❷ 除了錄音等特別的情況外，通常完成當下即便消失，因此當下達成其目的後，少有事後再被拿出來鑑賞或批判其語言表現的。另外，藉由重音、語調、空白、甚至肢體語言、表情等可以豐富其表現及幫助理解。

的的文章，二是（不僅止於傳達）還企圖說服對方的文章，三是令人感動的文章。此外還有以對方（讀者）為基準的分類，一是設想有特定讀者而成的文章如書信等，二是對不特定的讀者所寫的報導、論說文或宣傳文等。

表1　文章的種類

對象	目的	內容	種類
他人	通知 （傳達） （教授）	事實 想法 知識	報告、報導等 感想、評論、論文、意見書等 說明文、說明書、解說等
	請求	行動 回答	請求書、陳情書、建言書等 詢問等
自己	整理思續		筆記、雜記、隨筆等
	留下記錄		記錄、日記、契約等

＊譯自『日本語百科大事典』（1988：784）

　　文章討論有一些方式，比如「視點」【視点】的概念，此部分久野暲氏【久野暲】在其《談話的文法》【『談話の文法』】中有詳細的討論。

　　透過文章中所使用的標記、詞彙、表現等可一窺文章的性質特色，比如是否多用漢字或假名、漢語或外來語的使用頻率如何、是否用到大量的擬聲語‧擬態語【擬声語‧擬態語】、使用怎樣的色彩語【色彩語】、是否常用比喻的表現或委婉不直接的形態等等。

第 二 節　談話分析

英美的談話分析（discourse analysis）（有人或稱作「言談分析」或「篇章分析」）起始於 1960～1970 年代語言溝通（含語言學、哲學、社會學、心理學、文化人類學、人工智慧等研究）的範疇，如前所述，「談話」是以音聲語言呈現的發話的語言使用狀況，其分析探討的對象甚至包含手勢、動作等身體語言[3]。談話分析的研究大體上有兩個主要的方向，一為探討構成談話的要素的語句是怎樣的組合，另一為探討人們使用語言進行怎樣的傳達行動，此部分與語用論有很深的關聯。以下圖 1 列出談話分析在語言學上的位置。

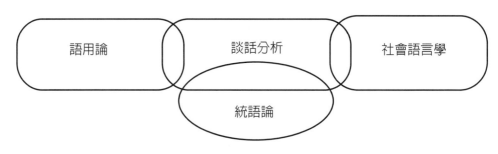

圖 1　談話分析在語言學上的位置

＊譯自橋內武（2007：4）

　　其研究方法通常是基於仔細觀察研究對象的語言（談

---

[3] Birdwhistell（1970）曾指出在一對一的對話中，藉由語言傳達的訊息僅佔 30～35%，剩下的 65～70% 是由抑揚、間隔空白、表情、動作等非語言的方式來傳達的。

話❹），特別著眼於反覆出現的某些形態，將這些重要的部份（如特定的語詞）抽出，找出其傾向或規範等，因此是一種歸納分析的方法。尤其在會話分析【会話分析】❺的領域裏，爲了能忠實再現自然的會話，因此企圖從自然的會話中發現反覆出現的方略（Strategy），所以不僅記錄會話本身，包含音調、手勢等身體語言、說話者的順序、轉換甚至停頓等等都是其關注的。因此蒐集談話的資料並將其文字化是談話分析的基礎起點。近年常研究的是依機能做分類的談話，如請託（Request）、拒絕（Refusal）、道歉（Apology）等。而如書信、廣告等以文字記錄的談話，或如教室內的談話，購物行爲、初次見面的對話等日常生活的某些特定場面也常是談話分析的研究對象。也有以參與談話的人物來做分類的，如親子對話、大學講課、演說、醫病溝通等等。

比如 Maynard【メイナード】（1993）以日語會話中回應、呼應【あいづち】多、喜用終助詞等現象爲例，認爲日語會話具有容易形成自我文脈化的特徵，也就是說說話者在發話時會注意周遭的狀況，避免強烈只表達自己的意見，這是爲了消彌衝突。這對闡明日語會化的特徵非常有幫助。

---

❹ 通常是實際被使用的發話的記錄。

❺ 會話分析在美國原爲社會學的研究領域，其受到語言學領域青睞的契機可追溯至 1984 年 Tannen, D.《Conversational Style：Analyzing talk among friends》一書的出版。會話分析大體上分爲會話構造的分析及會話管理（conversation management）層面的分析。

第三節 小結與展望

　　文章論的研究並不容易，近年王敏東・趙珮君・仙波光明（2009）曾對我國及日本在日本語學及日語教育學等領域學術論文的摘要做過文章結構的討論，結果得知：兩地此2領域的論文摘要多為1段落的構造，或不使用接續詞的2段落構造，若使用接續詞，多為順接表現，而摘要多在一開頭即敘述主題、宗旨、結論及提要。佐藤勢紀子等（2013）也以人文科學、社會科學、工學的論文構造作過統計分析。落合由治（2012）分析村上春樹《短編集》Ⅰ（【『短編集』】）內作品的文章結構。而談話分析在日語教育界是近年蓬勃發展的一個領域，比如李麗燕（2000）以15組30人參與的約莫十小時女性間的對話為對像，歸納整理「報告過去所發生的事情（【物語】）」的技巧。陳姿菁（2005）、徐孟鈴（2011）均觀察分析日本人及臺灣人在拜託請求別人時分別會有哪些特色。林淑璋（2011）觀察、整理、比較及分類日、臺學生在BBS上交流時對於交流言談終結部分的語言形態。黃英哲（2012）分析【まあ】的使用傾向。陳相州（2012）探討發話前端的【でも】及其中譯的對應關係。古本裕子（2013）分析了日本大學生面試時對於「大學時期投入心力的事情」回答的自我推薦狀況。這些研究與語言、溝通、認知、社會等多方面有關，研究成果可廣泛應用至教材開發、教學指導法等日語教學上。

1. 以下文章為臺灣日文系三年同學所寫的文章，請試圖將其分段，並討論其結構。

好きなもの

　　私の好きなものは、私のスポーツシューズです。それは、私が大学二年生になった時母からもらったシューズです。今も毎日履いています。このシューズのサイズは25番で、弾力性が素晴らしいシューズです。シューズの底の厚さは約3センチ、雨の日でも濡れにくいです。そして、グレーなので、汚れてもあまり目立ちません。滑り止めの効果も素晴らしいです。私は毎日必ずこのシューズを履いています。履いて遊んでいるとき、ピーターパンのように空を自由に飛ぶことを感じます。しかし、ある日調子に乗って、誤って犬の糞を踏みました。本当に楽しみきわめて哀情多しということです。それから、歩いているとき私は非常に気をつけています。ですから、何度も危険を避けられました。これからもこのシューズを大事にして、母の愛を持って、未来へ行きます。

參考文獻暨延伸閱讀（語言別／年代順）

● 日文

▸ 時枝誠記（1950 初版；1959 第 13 刷）『日本語文法論 口語篇』岩波書店

▸ 金田一春彦・林大・柴田武編集（1988）『日本語百科大事典』大修館書店

▸ 泉子・K・メイナード（1993）『会話分析』くろしお出版

▸ 久野暲（1994 九版）『談話の文法』大修館書店

▸ 李麗燕（1995）「日本語母語話者の会話管理に関する一考察―日本語教育の観点から―」『日本語教育』87、pp.12-24.

▸ 泉子・K・メイナード（1997）『談話分析の可能性―理論・方法・日本語の表現性―』くろしお出版

▸ 北原保雄・徳川宗賢・野村雅昭・前田富祺・山口佳紀（2000 三十四版）『国語学研究法』武蔵野書院

▸ 李麗燕（2000）『日本語母語話者の雑談における「物語」の研究―会話管理の観点から―』くろしお出版

▸ 飛田良文・佐藤武義（2001）『現代日本語講座 第 2 巻 表現』明治書院

▸ 三上章（2002 新装版第八刷）『日本語の構文』くろしお出版

▸ 陳姿菁（2005）「「話者の移行期」に現れるあいづち―

日本語，台湾の「国語」と台湾語を中心に―」『日本語科学』第 18 号、pp. 25-46.

▶橋内武（2007 六刷；1999 一刷）『ディスコース：談話の織りなす世界』くろしお出版

▶王敏東・趙珮君・仙波光明（2009）「学会誌の「要旨」の考察―日本と台湾における日本語学／日本語教育の論文の場合―」『言語文化研究 徳島大学総合科学部』17、pp. 103-122.

▶山岡政紀・牧原功・小野正樹（2010 再版）『コミュニケーション配慮表現　日本語語用論入門』明治書院

▶徐孟鈴（2011）「異文化語用論的な視点から見た依頼の談話―日台母語場面と接触場面の談話を比較して―」『台湾日語教育学報』16、pp. 128-154.

▶林淑璋（2011）「接触場面における発話行為とポライトネスについての考察―日台大学生掲示板交流メッセージ終結部を通して―」『中日文化論叢』28、pp. 69-90.

▶落合由治（2012）「村上春樹・短編作品の文章構成―小説と随筆のマルチジャンル性の視点から―」『台灣日本語文學報』32、pp. 209-234.

▶黃英哲（2012）「「まあ」の使用傾向の分析―より良い会話指導上の記述のために―」『台大日本語文研究』24、pp. 227-258.

▶陳相州（2012）「発話話頭部に現れる対比談話標識「でも」と中国語対応語の対訳関係―中日対訳コーパスに基づいた分析―」『東吳日語教育學報』38、pp. 98-122.

▶銅直信子・坂東実子（2013）『大学生のための文章表現＆口頭発表練習帳』国書刊行会

▶古本裕子（2013）「就職活動における自己PR文の談話分析」『日本語教育方法研究会誌』20(1)、pp. 80-81.

▶佐藤勢紀子・大島弥生・二通信子・山本富美子・因京子・山路奈保子（2013）「学術論文の構造型とその分布：人文科学・社会科学・工学270論文を対象に」『日本語教育』154、pp. 85-99.

▶西原玲子（1997）「談話分析―ことばはどのように使われているか―」国際交流基金　日本語教育　通信（http://www.jpf.go.jp/j/japanese/survey/tsushin/dw_pdfs/tushin29_p14-15.pdf#search=%27%E8%AB%87%E8%A9%B1%E5%88%86%E6%9E%90%27）（2014.2.6）

● 英文

▶Mehrabian, A. Communication without words, Psychology Today. 2(4), 1968, pp. 53-55

▶Birdwhistell, R. L. Kinesics and Context. Philadelphia: University of Pennsylvania Press. 1970

▶Tannen, D. Conversational Style: Analyzing talk among friends, Norwood, N.J.: Ablex Pub. Corp., 1984

第七章　社會語言學

社會語言學【社会言語学】（socio-linguistics）是討論語言在社會中如何被使用的學問，以體系化地記述語言及其與語言背後社會的、文化背景的關係，社會語言學關注誰、對誰、在哪、在如何的狀況下、使用怎樣的語言表現等語言運用上的各層面。討論地方區域間語言差異的稱為地域方言【地域方言】，探討因年齡、職業、性別等不同的語言差異則統稱社會方言【社会方言】。方言的特徵常顯現於發音及語彙上。

其所涵蓋的範圍可整理成以下表1。

表 1　社會語言學討論的範圍

說話者所屬集團（的習慣）	使用語言	哪種語言。日語或其他語言。
	民族	哪個民族。日本人或其他國家的人。
	居住地	使用什麼方言。
	性別	男性或女性。
	年齡	孩童、年輕人或老年人等的用語。
	職業	是否為同一職種行業間的用語。
說話者與聽話者間的人際關係	上下關係	如敬語的使用等。
	親疏關係	措辭客氣與否。通常對親近的人無需太客套，對於不太親、不太熟的人用詞較客氣。
	對性別的關係	說話者視聽話者的性別不同，可能措辭不同。
	人數	一對一或一對多。對多數人講話時通常較拘泥形式，音量等也會不同。

說話時的場面	場面、狀況	正式或私下的場合等。
	在座者	說話時旁邊是否有別人。如說話時突然另有別人靠近，可能會改變說話音量或內容，甚至停止原先的談話等。
說話的內容	話題是否為人	話題內的人物是對方或其他人等。
	話題屬性	艱澀的主題或輕鬆的話題等。
方法	直接見面否	面對面地談，或透過電話、郵件等。
心裏的因素	心態	以怎樣的心態說話。

　　另外如詞彙、文法外的溝通行動也可能包含在內，如身體語言、眼神視線等。對於上述有關敬語、措辭客氣與否、正式等部分，本書於第八章第一節中討論，在與性別、年齡、職業等之語彙部分，本書則於第四章中討論，而在詞彙、文法外的溝通行動方面本書則於第十章中討論。以下則就其他相關議題介紹。

第 一 節　地域方言

　　方言是指同一語言（如日語）內因使用地域不同與標準語【標準語】（standard language）❶ 相對應而產生的相異，因此其概念是相對的。方言的差異可能出現在發音、重音或文法的特徵上等。如日語中通用的【ありがとう】（謝謝）關西方言作【オーキニ】，而獲選為2013年日本流行語大賞的【ジェジェジェ】

---

❶ 或有將之與共通語【共通語】（common language）相提並論的，所謂的共通語是指超越各地域間廣為一般所使用的語言。日本的標準語是以關東方言為基盤。

爲日本東北岩手縣三陸地區的方言❷。

　　方言研究通常很難僅依靠文獻資料進行，往往需要進行方言調查【方言調査】，如 1903 年日本國語調查委員會所做的全國調查發現「東西境界線」即爲一例。方言調查方式大體上可大分爲觀察與詢問兩種。對於特定方言特徵（比如用以指稱鮭魚的【しゃけ】）的地理分佈範疇領域的輪廓線稱作等語線。

　　柳田國男氏【柳田国男】於《蝸牛考》【『蝸牛考』】❸提出的方言周圈論【方言周圈論】❹認爲某個語言現象是由中央往周邊地區向外擴散類似漣漪波紋的過程，而相當於波紋周邊的方言圈往往共通留有中央語的古形。

　　目前一般採用東條操氏【東条操】的分法對日語諸方言進行地理區分（【方言区画論】），即將日本全區域先分爲內地方言及沖繩方言，內地方言再分爲東部方言、西部方言及九州方言，東部方言下又分爲北海道方言、東北方言和關東方言等。

　　戰後國立國語言究所的《日本言語地圖》【『日本言語地図』】（全六冊）則是基於大規模全國調查的成果所完成的，實際調查時間爲 1957 年至 1965 年，調查地點從北海道北邊至沖繩

----

❷ 當地人於驚訝時所發出的聲音，因當年 NHK 連續劇《小海女》【『あまちゃん』】而爆紅。

❸ 初稿 1927 年、初版 1930 年、改訂版 1943 年。

❹ 該書第一章末即表示「方言の地域差は、大体に古語退縮の過程を表示している」。

西端共兩千四百個地點，均以研究者親赴現地調查蒐集的方式蒐集資料。

　　日本的方言曾一度被忽視，但到了二十世紀末期人們對方言價值觀有了改變。

第 二 節　社會方言

（一）年齡與語言

　　不同年齡層可能使用不同特色的語言，幼兒期有特殊的幼兒語【幼児語（ようじご）】，比如稱小狗作【ワンワン】，將食物叫做【うまうま】，大人也可能會配合小孩子的年齡而使用幼兒語[5]。日本大久保愛氏及前田富祺・前田紀代子兩氏等在幼兒語的研究上留有重要貢獻。2013 年日本有幼兒言語發達研究會【幼児言語発達研究会（ようじげんごはったつけんきゅうかい）】的成立。

　　而使用於年輕人間特有的用語則稱作【若者（わかもの）ことば】。年輕人用語有別於語言一般「傳達」的主要機能，往往偏重娛樂效果及增進會話的機能，年輕人可能會創造新的講法、改變既有語詞的意義或用法。有學者指出一般而言年輕人用語比較傾向使用強有力且直接的表現，但同時也會採用慎重且懷疑的表現[6]。山口仲美氏（2007）考察了日本年輕人用語的造語、特色、表現目的

---

[5] 不過有些語言專家認爲這在兒童語言的發展歷程上未必是件好事，其實只需用一般的話語跟孩童對話即可。

[6] 谷光忠彥（2006：51）。

及表現效果等，比如指出年輕人用語可下分為省略❼或強調等的類型，也透過年輕人的自省及年長者的批判尋求兩者間的接點。

對於年輕人的用語時有混亂【乱(みだ)れ】、表現方法幼稚等的負面批評，比如年輕人動不動就用【かわいい】一詞來涵蓋很多的現像❽，但也有語言學家關心的重點是為什麼會產生那樣的語言形式、甚至定著下來。有學者認為年輕人的造語活潑生動，省略化是經濟性的考量，使用【～みたいな】等【垣根表現(かきねひょうげん)】（hedge）乃基於迂迴緩衝的心態，而年輕人使用年輕人用語往往是在評估自己與他人的距離，也伴隨著集團意識。而在語調方面，日本年輕人有將單字重音平板化的趨勢。基本上年輕人特有的用語是各個年代都存在的，但隨著社會的改變，年輕人用語往往也會隨之改變。

　　相對於年輕人用語，老人語【老人語(ろうじんご)】則是指年輕人已很少使用，但中高年齡層的人卻在日常生活中使用頗為頻繁的語詞，如老人家可能會用的【汽車(きしゃ)】、【接吻(せっぷん)】、【アベック】等，現在年輕人多已不使用❾。另外如漫話中小丸子【ちびまる子ちゃん】的爺爺也會使用如【でもまる子(こ)のいうとおりじゃなあ…】（小丸子說的對呀…）等老人語（下線部分）的表現。但

---

❼ 米川明彥（2014）指出省略是年輕人用語中最常用的造語法，不但語形短，便於口語表達，在網路或手機上更是可以輕鬆輸入。

❽ 詳可見中村明子（2013）。

❾ 現在一般多講【電車(でんしゃ)】、【キス】和【カップル】。

所謂中高年齡層是會隨著時間而推移的，因此所謂的老人語也未必是固定不變的。這些所謂的老人語的確現在已不太被使用，甚至於日後會成為死語，但這些表現可以反映該語詞產生的時代背景文化及特色，所以它們在語言學上絕不是老朽落伍的一環。

（二）職業與語言

職業語【職業語（しょくぎょうご）】是指某一特定職業族群間常用的語詞。如「NG」（No Good）原來為電視、電影業界用語，而在餐飲界則以【お愛想（あいそ）】來表示「結帳」（【勘定（かんじょう）】）。另如軍隊中的用語較具封閉性，表現形式化，較缺乏自由變化，除語彙外，甚至也會顯現在文體上。而學界的專門術語則傾向嚴謹，但專家若用太專業的術語與他人溝通時，可能會造成困擾，比如醫師對病人使用醫界專門的術語說明病情，病人未必能夠了解，因此日本國立國語研究所提出【『病院（びょういん）の言葉（ことば）』を分（わ）かりやすくする提案（ていあん）】❿。

而使用於某個職業或階層間刻意不想讓外界了解的語詞表現則稱為隱語【隱語（いんご）】。如警察辦案使用的【ホシ（犯人（はんにん）・容疑者（ようぎしゃ））】、【さつ（警察（けいさつ））】、【タタキ（強盜（ごうとう））】等，而盜匪間所謂的【買（か）う】指的其實可能是【盜（ぬす）む】。而使用隱語除了有與

---

❿ 因為近年已趨向以患者為中心的醫療，醫護人員等醫療方應對患者充分說明病狀及可能的治療方式，讓患者了解後並參與抉擇自己的治療方式。而將難解的概念傳達給一般人是專家的責任。

同儕間的連帶感外，也有向外部誇示的意味。不過有些隱語已俗語化。

（三）性別與語言

日語中有部分表現是男女差異頗大的。比如傳統古典上女性較少使用漢語，不喜歡用絕對斷定的語氣，少用語氣強硬的命令，不想將自己的想法強壓給對方，比較喜歡使用迂迴委婉的表現，多使用如【お酒^{さけ}】等的美化語，甚至傾向多用敬體的文體。相對的，男性表現多含判斷、命令，較多自我意見的表達或說服。助詞方面，如【～わ】、【～かしら】等是女性專用的，而男性專用的則有【～かい】、【～ぞ】、【～ぜ】等。感動詞方面【～おい】、【～こら】等強力喚起對方注意的是男性的表現，而對於眼前出現的事態表示驚訝的【あら】、【まあ】則是女性的表現。而有些詞也是有女性專用或男性專用的區別，如男性會講【めし】、【食^くう】，但女性則會用【ご飯^{はん}】、【食^たべる】。以下表 2 整理出日語男女表現上常見的差異。

表2　日語常見之男女用語差異

	判定詞「だ」	「のか」・「のだ」	普通体＋よ	命令形・禁止形・依頼形	疑問句	終助詞	感動詞	代名詞
男性的特徵	君は子供だ（＋よ・ね・よね）。	君もその雑誌を読んだのか。これ、誰が入れたんだ（い）。	こっちの方がおいしいよ。	こっちに来い。そんなこと2度とするな。こっちに来てくれ。こっちに来てもらいたい。	君、明日の会議出席するか。これは、君のかい。ちょっと、そこのファイル取ってくれないか。	こんな調子では、また失敗するぞ。おれは待ってるぜ。	「おい」「こら」	「おれ」「ぼく」「おれら」「わし」「おまえ」「君」
中立的				これ見て。	明日のミーティング出席する？ちょっと、そこの資料取ってくれない？			「わたし」「わたくし」「あなた」「あんた」「おたく（さま）」「そちら（さま）」
女性的特徵	あなたは女の子よ（ね）。	あなたもその記事読んだの？これ、誰が書いたの？		こっちに来てくださる？	（ちょっと、そこのノート取ってくださらない？）	困ったわ。変な人がいるわ。	「あら」「まあ」	「あたし」

而谷光忠彥氏（2006）的調查也顯示年輕人用語有性別上面的差異。

　　另外在發音方面，中尾俊夫·日比谷潤子·服部範子（1997）曾以社會語言學的觀點實際調查東京地區民眾 ga 行鼻濁音、以及重音的變化情形，發現 ga 行鼻濁音的發音與否與年齡有極大關係但卻與性別關係不大，而重音方面則在某些詞類的單字上有傾向某些特定形態的趨勢。

　　這種因性別而呈現的語言上面的差異可以使得如小說中無需明示主語就可以讓讀者知道是誰的發言。不過，日語中因性別而呈現的不同表現近年已有模糊縮小的趨勢。

1. 有機會去日本各地時請仔細觀察當地人的日語是否與我們在課堂上學的有何不同之處。

2. 試以社會語言學的角度說明【馬鹿<ruby>ば<rt></rt></ruby>】及【阿呆】的異同。

延伸課題

1. 假設圖片中Ａ、Ｂ、Ｃ、Ｄ四人想要要求別人給他某樣東西
   （【それを私にください。】），請考慮他們的性別、年齡
   或職業等，分別會用什麼形態或用詞。

2. 請試想「旁人不小心打翻了飲料，你欲將身上帶的面紙給他
   使用時」的狀況，對於以下的場合對象，你分別會用怎樣的
   日語表達。

   (1) 在家裏，打翻飲料的是年幼的妹妹。

   (2) 在長途電車中，打翻飲料的是前座看似優雅的年長紳士。

   (3) 在公園中，打翻飲料的是旁邊不認識的路人。

   (4) 交往多年的親密愛人在兩人獨處時。

   (5) 在公司，打翻飲料的是上司。

參考文獻暨延伸閱讀 <small>（語言別／年代順）</small>

● 中文

▸顧海根（2000）《日本語概論》三思堂

● 日文

▸国語調査委員会編（1903）『口語法調査報告書　上』国定教科書共同販売（http://kindai.ndl.go.jp/info:ndljp/pid/863751/9?tocOpened=1）（2014.4.5）

▸柳田国男（1980 復刻（1930 初版））『蝸牛考』岩波書店

▸金田一春彦（1957（1985 四十二刷））『日本語』岩波新書

▸大久保愛（1967）『幼児言語の発達』東京堂

▸前田富祺・前田紀代子（1983）『幼児の語彙発達の研究』武蔵野書院

▸大久保愛（1987）「喃語から初語への発達過程」『日本教育心理学会総会発表論文集』29、pp. 106-107.

▸大久保愛（1988）「ある 2 歳児の使用語：約 1 か月間の随時メモによる」『日本教育心理学会総会発表論文集』30、pp. 80-81.

▸益岡隆志・田窪行則（1992）『基礎日本語文法―改訂版―』くろしお出版

▸松本修（1996）『全国アホ・バカ分布考：はるかなる言葉の旅路』新潮文庫

▸中尾俊夫・日比谷潤子・服部範子（1997）『社会言語学

概論』くろしお出版

▶徳川宗賢（1997 二十七版）『日本の方言地図』中公新書

▶米川明彦（1997）『若者ことば辞典』東京堂

▶泉均（1999）『やさしい日本語指導 9 言語学』凡人社

▶高見澤孟・ハント蔭山裕子・池田悠子・伊藤博文・宇佐美まゆみ・西川寿美（1999 三刷）『はじめての日本語教育・1[日本語教育の基礎知識]』アスク

▶伊坂淳一（2000 初版 5 刷）『ここからはじまる　日本語学』ひつじ書房

▶北原保雄・徳川宗賢・野村雅昭・前田富祺・山口佳紀（2000 三十四版）『国語学研究法』武蔵野書院

▶北原保雄（2000）『概説　日本語』朝倉書店

▶玉村文郎（2000 第 10 刷）『日本語学を学ぶ人のために』世界思想社

▶徳川宗賢・真田信治（2001 七刷）『新・方言学を学ぶ人のために』世界思想社

▶庵功雄・日高水穂・前田直子・山田敏弘・大和シゲミ（2003）『やさしい日本語のしくみ』くろしお出版

▶榎本正嗣編著（2003）『ことばを調べる』玉川大学出版部

▶金水敏（2003）『ヴァーチャル日本語役割語の謎』岩波書店

▶佐藤武義（2005）『現代日本語のことば』朝倉書店

▶谷光忠彦（2006）「若者言葉と男性語・女性語」『武蔵野学院大学日本総合研究所研究紀要』3、pp. 50-57.

‣山口仲美（2007）『若者言葉に耳をすませば』講談社

‣藤田保幸（2010）『緑の日本語学教本』和泉書院

‣中村明子（2013）『日本語における「かわいい」の一考察—若者向け女性ファッション雑誌を中心に—』銘傳大学応用日本語学科修士論文

‣米川明彦（2014）「近年の若者ことばの特徴」『更生保護　特集 若者文化』65(3)、pp. 18-21.

‣国立国語研究所「『病院の言葉』を分かりやすくする提案 」（http://www.ninjal.ac.jp/publication/catalogue/kokken_mado/38/02/）（2014.7.7）

‣松村明『大辞林』（http://kotobank.jp/word/）（2014.1.18）

‣ユーキャン新語・流行語大賞（http://singo.jiyu.co.jp/）（2014.12.30）

‣幼児言語発達研究会（http://childlangdev.wordpress.com/）（2014.7.13）

第八章　表現

　　所謂的表現是將心理的、感覺的、精神等的內在以包含眼神、表情、動作、語言、記號等外在、感情的形像客觀化的呈現。本章將討論日語的待遇表現【待遇表現<ruby>たいぐうひょうげん</ruby>】及慣用表現【慣用表<ruby>かんようひょう</ruby>現<ruby>げん</ruby>】。

第 ● 節　待遇表現與敬語

　　待遇表現【待遇表現<ruby>たいぐうひょうげん</ruby>】是指說話者因聽話者或話題中的人物，或考量在怎樣的場合而表現出充滿尊敬、親愛或侮辱等的語言表現或形式。基本上是一種說話者因與對方社會或心理上的距離而呈現出的心理態度。社會或心理的距離大則可能採用客氣的表現，距離小則可能採用親密的表現。待遇表現比較常出現於口語表達中。

　　比如日文表達「出場」【出場<ruby>しゅつじょう</ruby>する】的意思可能就有 (1)【ご出場<ruby>しゅつじょう</ruby>になる】【ご出場<ruby>しゅつじょう</ruby>になります】、(2)【出場<ruby>しゅつじょう</ruby>なさる】【出場<ruby>しゅつじょう</ruby>なさいます】、(3)【出場<ruby>しゅつじょう</ruby>する】【出場<ruby>しゅつじょう</ruby>します】、(4)【出場<ruby>しゅつじょう</ruby>しやがる】等數種方式。而這幾種表現（使用上的區隔）可以看出要出場的人物（話題的人物）是怎麼樣的人，比如是不是長輩、是親近的人或是討厭的人等。而是否使用【ます】則可

看出說話者與聽話者間的關係。待遇表現可分爲將對方提高的敬意表現及將對方壓低的貶抑表現。前面舉出的【ご出場になる】【出場<ruby>なさる<rt>しゅつじょう</rt></ruby>】爲將出場人物提高的表現，而若將其改爲【ます】則爲提高聽話者的表現。【出場しやがる】則爲貶抑出場人物的輕卑表現。以【ご出場になる】、【出場する】、【出場しやがる】這三者而言，其待遇表現可以用以下表 1 來呈現。

表 1　待遇表現客氣程度例

【ご出場になる】	【出場する】	【出場しやがる】
提高待遇	中立的待遇	貶抑的待遇

待遇表現中還有一種是在表現的事物前添加【お】或【ご】的美化語【美化語】，如【お花】、【お米】、【ご稽古】、【ご本】，甚至已是固定名詞形態的【おしぼり】、【おやつ】、【ご飯】等。也有人將美化語納入敬語中來看待的，不過美化語原本是表達自己講話措詞高雅有教養的表現，所以和敬語的「考量話題中的人物或聽話者」的這一點上具有不同的本質。

一般而言，待遇表現中將對方提高以示尊敬的表現稱作敬語【敬語】。對於敬語的分類依學者、觀點的不同而有不同的分類，學校文法採用的是尊敬語【尊敬語】、謙讓語【謙讓語】及丁寧語【丁寧語】的三分法。敬語依性質層次的不同可分爲對

聽話者表示敬意的【聞き手に対する敬語】和對話題中人物表示敬意的【話題の中の人物に対する敬語】兩種。其間的關係可以由表2來呈現。

表2　敬語的種類

敬語………	話題の中の人物に対する敬語………………………	尊敬語
		謙讓語
	聞き手に対する敬語……………………………………	丁寧語

　　尊敬語的表現形態在動詞方面可利用【お（ご）〜になる】、【〜（ら）れる】、【お（ご）〜なさる】、【〜なさる】，其中【お】原則上用於和語、【ご】用於漢語，而【〜なさる】則是接於漢語之後。另外還有【いらっしゃる】、【おっしゃる】、【なさる】、【くださる】、【召し上がる】等特殊的敬語動詞。而在形容詞、形容動詞（【な形容詞】）、副詞的敬語方面，可利用【お（ご）〜】，如【お若い】、【ご立派】、【ごゆっくり】等。名詞的尊敬語則除有【お（ご）〜】的形態外，還有【〜さん】、【〜氏】、【〜様】等接尾語的形態。

　　謙讓語可分為兩種，一種是將如【お客様にお知らせする。】（敬告客人。）中【お知らせする】的對象【お客様】提高的謙讓語，這種謙讓語跟尊敬語一樣其尊敬的對象是聽話者（第二人稱）或說話者的尊長（第三人稱），跟接受該動作的人

133

比起來，動作者是被壓低看待的，亦即跟【お客様】比起來，
【知らせる】的人是被壓低的。這類的謙讓語在動詞方面可利用
【お（ご）～する】、【お（ご）～申し上げる】來呈現，或者
利用【申し上げる】、【いただく】、【さし上げる】、【伺
う】、【存じ上げる】、【拝見する】、【拝借する】、【頂戴
する】、【承る】、【お目にかかる】等特定的動詞來表現。
名詞方面，則可利用【（先生への）お手紙】、【ごあいさつ】、
【ご報告】等【お（ご）～】的形態❶。

　　另一種謙讓語是如【私はあした参ります。】（我明天將
來造訪。）中，藉由【参ります】來降低動作者【私】的謙讓語。
這種謙讓語也可說是降低說話者的一種敬語。與前一種謙讓語不
同的是這種謙讓語並未將接受該動作的人抬高，這類的謙讓語是
對聽話者表示敬意，因此此類的謙讓語不適用於日記或自言自
語，但可用於公共的表現或動作主為第三人或無生物時，如【ま
もなくバスが参ります。】（公車即將到來。）、【今回の大会
に市内外から多くの人が参加いたしました。】（此次有許多市
內外的人士參加。）等。這類的謙讓語在動詞方面可利用【～い
たす】來呈現，或者利用【いたす】、【申す】、【参る】、
【存じる】等特定的動詞來表現。名詞方面，則可利用【弊社】、

---

❶ 此部分在美化語及尊敬語中亦會被使用。

【愚見】、【拙論】等用語。

丁寧語則是在對話場面中說話者將聽話者提高的一種敬語。比如藉由【私は元気です。】（我很好。）、【新しい商品は開発されつつあります。】（新商品持續開發中。）中的【です】、【ます】來客氣地對聽話者表示尊敬。也就是說，不論話題中的人物是誰（可以是自己、聽話者、第三人稱或無生物）都可以。另外，丁寧語跟文體也有關係，即所謂的敬體【敬体】（或稱【です・ます体】或【丁寧体】）。

綜合以上可知，敬語的使用主要考慮的是人與人的關係（上下、內外、親疏）及場面（正式與否及在場的人有哪些）。而其機能則仿若社會的潤滑劑。

敬語的使用不僅對外國人而言有一定的難度，連日本人都未必能精確掌握，日本文化廳於平成 19 年（2007 年）公佈了「敬語的指針」【敬語の指針】，文化廳網頁上甚至有【敬語おもしろ相談室】的教學影片。

第 二 節　慣用表現

本節中所指的「慣用表現」【慣用表現】是指日語中文法上、意義上已約定俗成（習慣上已固定）的形態，包含連語【連語】、慣用句【慣用句】和諺語【諺】，三者間或有難以明確界定的部分，比如【骨を折る】若為字面上的義思則為「語連續」

【語連続】，如「摔斷了骨頭。」【転んで骨を折った。】，若爲表達其「爲了達成某目標而竭盡全力」抽象之意則爲慣用句，如「爲了成爲奧運選手而努力練習。」【オリンピック選手になるため、骨を折るほど練習している。】中的【骨を折る】即爲慣用句（「認眞」、「努力」之意，並非眞正的骨折）。

語和語的連結方式有的非常固定，有的卻比較鬆散。比如【林さんの】＋【かばん】、【青い】＋【海】、【コーヒーを】＋【飲む】、【日記を】＋【つける】、【碁を】＋【打つ】其間的連結度就不一致。

以下 (1)～(3) 可以探究以上【コーヒーを】＋【飲む】、【日記を】＋【つける】、【碁を】＋【打つ】三組的連結度。

比如：

(1)【コーヒーを飲む】中，是否有某些部分可以用別的語來替代。

【コーヒーを飲む】→【コーヒーをいただく／コーヒーを口にする／コーヒーを頂戴する】

【日記をつける】（【電話をする】、【宿題をする】）
→【日記を書く】？（【電話をかける】、【宿題をやる／書く】？）

【碁を打つ】→×

(2)語順是否可以更動。

【コーヒーを飲む】→【毎日飲むコーヒーはあのコンビニで買っている】

【日記をつける】→【有名人がつけた日記は常に貴重な資料となる】

【碁を打つ】→【先輩と打つ碁は勉強になる】

(3)語和語間是否可以插入其他的詞語。

【コーヒーを飲む】→【コーヒーを一日に二杯飲む。／コーヒーは毎朝起きてから飲む】

【日記をつける】→【日記を毎日つける／日記を記録としてつける】

【碁を打つ】→【碁を先輩と打つ／碁を時々打つ】（但【先輩と碁を打つ】、【時々碁を打つ】」較自然）

上述(1)語的可替代性越低、(2)語順越固定（不可更動）、(3)語和語間越不能插入別的語的，則其連結就越緊密。即上述三組例子中，【碁を打つ】的連結最緊密，幾乎可以視爲一個動詞般的慣用表現，可歸類爲「連語」，連結度居次的是【日記をつける】，嚴格來講，雖然【日記をつける】和【日記を書く】有些微意思上的差異，但基本上可以替換，或可視爲連結比較鬆的連語，而【コーヒーを飲む】是自由的結合體，可視爲「語連續」。

（一）慣用句

慣用句通常指「兩個以上的語，以比較緊密的方式相連結的語的結合體，而其結合體全體通常表示某一特定的意思」。慣用句間的語詞結合較連語爲強，除前述檢驗語和語之間連結度的三個層面以外，慣用句通常也難以轉換爲敬語的形式，如【サバを読む】不以【サバをお読みになる】的形態出現，【自腹を切る】也不會變成【自腹を切られる】等。

國廣哲彌氏【国広哲弥】（1985）曾以意義的觀點將日語的慣用句做以下的分類。

(1)構成語中包含本來的意思和其在慣用句中的意義關係不明的語。如【虫がすかない】、【猫をかぶる】。

(2)包含慣用句特有的語，如【ろくでもない】、【あっけにとられる】。

(3)包含字面上的意義及比喻意義的語詞。如【足を洗う】、【ごまをする】。

(4)發生字面上狀況的可能性極低的語句。如【腰をぬかす】。

(5)幾乎不可能發生字面上的狀況，幾乎只有慣用語的意思，如【心を汲む】、【肝を冷やす】。

(6)用以描寫人在某種狀態或心情下常有的動作或表情。如【あごを出す】、【手に汗を握る】。

(7)基於典故的比喻。如【背水の陣をしく】。

(8)基於風俗習慣的比喻。如【六日のあやめ】。

除了前述相當於一個動詞用法的慣用句以外，還有相當於形容詞（如【顔が広い】、【気が重い】）、形容動詞（如【顔から火が出るような】），副詞（如【喉から手が出るほど】）、名詞（如【雀の涙】、【犬猿の仲】）等的慣用句。

（二）諺語

諺語【諺】通常比慣用句長，構成語間的連結度強，包含長期累積先人的經驗而產生的人生觀或處世觀，有些教導勸人最好如此，如【急がば回れ】、【郷に入れば郷に従え】。有一些字面上是明確的判斷，藉此間接地警示世人，如【悪事千里を走る】、【壁に耳あり】。有一些用以描述世間常態，如【苦しい時の神だのみ】。有些是老祖宗傳下的生活智慧，如【暑さも寒さも彼岸まで】。還有一些是比喻的用法，如【まな板の上の鯉】、【鬼に金棒】。

不過，學者之間對於某些表現該歸屬於慣用句或諺語也有意見分歧的時候。

（三）慣用表現中的比喻

慣用句的比喻有直喻、隱喻等，直喻的包含【～ような／に】、【～ごとく】、【～ほど】等字面上明確顯示的比喻，如

【薄氷をふむような】、【快刀乱麻を断つごとく】等。隱喻慣用句則如【木で鼻をくくる】等，由構成語原義產生的派生的或象徵的意義。

第 三 節　小結與展望

　　慣用表現常出現在我國各大學日研所的入學考[2] 或如領隊、導遊的考試試題中[3]。另外，慣用句的翻譯也是一個課題，日漢翻譯的書籍中多建議在徹底理解慣用句的意義用法的前提之下，儘量尋找相對應的固定表達方式來翻譯，若無相對應的固定表達方式，則退而求其次地採意譯，甚至依內容，直白地把原文解釋過去，重點是要正確地譯出其確切的意義；而在利用既有的工具書時，還需注意仔細琢磨原文的語境來選取譯文，其中需考量的包含修辭效果、上下文、時代、地點、條件、民族習慣、語感、色彩等；因此譯者對中日兩種語言的造詣常很重要；並認為內容與形式兼顧才是好的翻譯。我國此一部分的研究有王敏東・蔡玉琳（2011）實證的考察等。

---

[2] 通常研究所入學考古題會公佈於該校圖書館網頁。

[3] 領隊、導遊的部份可參見本書目次後方所列的資訊，而實際考題可參見臺灣商務印書館編（2013 三版）《外語領隊、外語導遊 日語 歷屆試題題例》或考試院網頁。

練習

1. 學生對老師提出【お荷物をお持ちしましょうか。】表現中的【お荷物】是美化語嗎？為什麼？

2. 以下 a、b 的兩個狀況該如何用敬語來表示【社長はただ今外出している】。

   a. 服務台員工對來訪的外部客戶。

   b. 服務台員工對自己公司的上司。

3. 試舉例說明【頭が痛い】、【メスを入れる】是單純的「語連續」或「慣用語」。

延伸課題

1. 試比較【貸せ】、【貸してくれないか】、【貸してもらえないだろうか】三者的客氣程度，以及他們都可歸類為敬語嗎？為什麼？

2. 試以謙讓語的觀點說明【母をご案内する。】、【私の母は、先輩がご案内してくださる。】、【私の母は、先輩がご案内くださる。】、【私が母をご案内いたします。】、【先輩もミーティングに参加いたしますか。】可否成立？為什麼？

3. 以下哪些為連語？哪些為慣用句？

   【クーラーを入れる】、【ズボンをはく】、【固唾をのむ】、【飯を食う】、【門前払いを食う】、【油を売る】、【眉をひそめる】、【風邪をひく】

4. 比如【気がある】、【気がない】兩者均可成立，【根も葉もない】可以成立，但卻無【根も葉もある ×】，有【虫が好かない】，卻無【虫が好く ×】，有【油を売る】，卻無【油を売らない ×】，有【飼い犬に手を噛まれる】，卻無【飼い犬が手を噛む ×】；試以這些為出發點舉例說明慣用句是否可以有語尾變化。

5. 日語中包含【気】和【心】的慣用句有哪些，其中比如【気

をつかう】【心をつかう】、【気が重い】【心が重い】、
【気がない】【心がない】等各有何不同。

參考文獻暨延伸閱讀 （語言別／年代順）

● 中文

▶ 謝國平（1986 再版）《語言學概論》三民書局

▶ 顧海根（2000）《日本語概論》三思堂

▶ 王敏東・蔡玉琳（2011）「日語慣用句中譯之探討—以《白い巨塔》各譯本爲例—」『中華日本研究』3、pp. 41-66.

▶ 臺灣商務印書館編（2013 三版）《外語領隊、外語導遊 日語 歷屆試題題例》臺灣商務印書館

▶ 考試院「歷年考畢試題查詢（含測驗題答案）」（http://wwwc.moex.gov.tw/main/exam/wFrmExamQandASearch.aspx?menu_id=156）（2014.7.7）

● 日文

▶ 国広哲弥（1985）「慣用句論」『日本語学』4-1、明治書院、pp. 4-14.

▶ 加藤彰彦・佐治圭三・森田良行（1989）『日本語概説』桜楓社

▶ 国広哲弥（1997 初版；1998 五版）『理想の国語辞典』大修館書店

▶ 泉均（1999）『やさしい日本語指導 9 言語学』凡人社

▶ 伊坂淳一（2000 初版 5 刷）『ここからはじまる 日本語学』ひつじ書房

▶ 北原保雄・徳川宗賢・野村雅昭・前田富祺・山口佳紀（2000 三十四版）『国語学研究法』武蔵野書院

▸ 北原保雄（2000）『概説　日本語』朝倉書店

▸ 玉村文郎（2000 第 10 刷）『日本語学を学ぶ人のために』
世界思想社

▸ 庵功雄・日高水穂・前田直子・山田敏弘・大和シゲミ（2003）
『やさしい日本語のしくみ』くろしお出版

▸ 王珍妮（2009）「日本語の「心」に関する慣用表現の意
味分析―「気」を含む慣用表現との対比を通じて―」『人
間文化研究科年報』24、pp.37-50.

▸ 藤田保幸（2010）『緑の日本語学教本』和泉書院

▸ 文化庁「敬語おもしろ相談室」（http://www.bunka.go.jp/
kokugo_nihongo/keigo/）（2014.4.7）

▸ 文化庁「敬語の指針」（http://www.bunka.go.jp/kokugo_
nihongo/bunkasingi/pdf/keigo_tousin.pdf#search=’%E6%95
%AC%E8%AA%9E%E3%81%AE%E6%8C%87%E9%87%
9D’）（2014.4.7）

▸「待遇表現／尊大表現／軽卑表現」（http://www.nihongok
yoshi.co.jp/manbow/manbow.php?id= 1030&TAB=1）（2014.
4.5）

第九章　語料庫與計量語言學

　　計量語言學【計量言語学】就是以統計的方法研究語言或語言行動量的層面的學問。計量語言學研究的對象包含音聲、音韻、文字、標記、文法、語彙、意義、文體等語學的各個面向，且通時、共時不拘，均可以計量語言學的方式來探討。通常採用的手法是分析實際的語言現象，繼而加以記述、法則化，即所謂歸納的方式。將計量的方法用在語言研究上主要有兩個理由，一是為了分析的客觀化，二是為了釐清語言統計上的性質❶。另外如漢字含有率、累積使用率【カバー（cover）率】、語彙的類似度、【広範囲語】、【高頻度語】等的統計指標的建立也別具意義。

　　目前計量語言學在語學的研究上，語彙方面的研究成果豐碩，甚至已有計量語彙論【計量語彙論】的術語及領域。由於辭典的編纂或教育語彙選定的實用性與必要性，德國早在十九世紀末期已開始語彙的計量調查統計。而日本方面，則以 1948 年設立的國立國語研究所為中心，主持執行過多項語彙調查的工作。如 1953 年的婦女雜誌的用語調查【『婦人雜誌の用語調

---

❶ 如某一資料內和語、漢語、外來語等各語種所占比例等。另如陳志文（2005）則以計量統計的方式分析日本女性雜誌及男性雜誌文體的特色。

査』】首次導入了抽樣調查【標本調査】及推測統計【推測統計】的方法。該研究機構當時進行語彙調查的主要目的是選定現代日語的基本語彙，但進而也開拓了有關語彙分佈的法則及量的構造等的研究領域。而以昭和 31 年（1956 年）的雜誌爲調查對象的【『現代雜誌九十種調查』】亦爲一項大工程，其中用語語種的分佈常爲各方引用爲比較的對象。

另外，日本有計量國語學會【計量国語学会】，成立於 1956 年，是世界該類性質學會歷史最悠久的，至今每年仍持續研討會的舉辦、學會期刊的出版等相關學術活動。

第 一 節　語料庫

近年由於個人電腦的普及及各種大型電子語料庫【コーパス】（corpus）[2] 的開發，使得一般人利用語料庫進行計量的研究變得更爲方便。約自 1990 年代起語料庫語言學開始急速發展。利用語料庫從中檢出所需的語料（如單字、文法等），再加以分類整理分析，以明確研究目的（如單字、文法的意義用法等）。此類的研究對於語詞、文法等的研究或辭典的編纂等均極有幫助[3]。

---

[2] 語料庫【コーパス】（corpus）意指語言分析用的文字語言或音聲語言的資料集合體，通常是基於某些基準網羅或代表性地蒐集而成，具一定規模，且可在電腦上處理，可用於語言的研究。

[3] 如王敏東・葉淑惠・仙波光明（2011）即利用《讀賣新聞》查得「カル

目前日本有幾個語料庫是可免費使用的。比如日本國立國語研究所及文部科學省共同開發的【現代日本語書き言葉均衡コーパス（BCCWJ）】，收集語數超過一億語❹。NINJAL-LWP則可方便搜尋【現代日本語書き言葉均衡コーパス（Balanced Corpus of Contemporary Written Japanese: BCCWJ）】中各語詞的共起關係或文法形態等，2014 年 6 月的時間點可檢索名詞、動詞、形容詞、連體詞和副詞 5 種詞類的語詞。【複合動詞レキシコン】爲複合動詞的語料庫。【日本語学習者会話データベース】則收錄了日語學習者及日語母語話者對話的語料（文字及音聲），可依日語學習者的程度、性別、出身國別、母語、職業、待在日本的時間等條件搜尋。甚至還有【日本語歷史コーパス】，其中包含【源氏物語】、【枕草子】等諸多日本古典文學名著，不但可查閱全文，尚附有各語詞詞類、形態論資訊等，未來該語料庫還擬繼續擴大，對於需利用古典文獻的研究提供極大幫助。

チャーショック」一詞出現的年代及可適用之各種狀況。王敏東（2014）則利用《讀賣新聞》、《朝日新聞》及辭典等查得和製英語「デパート」出現的時間、產生原英語中所沒有的「（比喩的に）それに関することが数多く集まっているようすや場所。」（『大辞泉』）意義的時間，及與「百貨店」的競合狀況等。

❹ 所謂的【均衡コーパス】（balanced corpus）是指由母集團依一定的基準來進行取捨，企圖均衡再現母集團各種面向或特徵的方式來蒐集構築的語料庫。對於該語料庫的一些狀況詳可見石川愼一郎（2012）、小椋秀樹（2014）等。

【日本語話し言葉コーパス（Corpus of Spontaneous Japanese：CSJ）】則是大量收集自然日語發話的語料庫。而由鎌田修氏及山內博之氏開發的【タグ付き KY コーパス】則是母語分別是中文、韓文、英文的日語學習者 OPI（Oral Proficiency Interview；日語口語能力測驗）形式的會話資料。【BTS による多言語話し言葉コーパス】則蒐集了包含日文等的自然對話語料。

國會會議錄【国会会議録】也於線上公開。

而如日本國立國會圖書館的【近代デジタルライブラリー】可在網路上直接閱覽明治時期以後出版的圖書或雜誌，亦可由其進入【官報】的子目錄。

另外如青空文庫【青空文庫】是網友自行建構的，由於著作權的關係，以較早期的作品爲多，包含大量戰前名家名著，如文豪芥川龍之介【芥川龍之介】的作品就超過三百，但近年也陸續增列取得著作權的較新作品，收錄的語料可以作家名或作品名（日文 50 音順）查詢利用。部分作品以不同的格式公開，通常包含 text 檔【テキストファイル】，有些作品有時也會有新舊字體不同的版本，這些可視實際研究需要來選擇。

另如包含明治後期至大正期【『太陽』】雜誌 5 年分的【太陽コーパス】（2005）推出的是 CD 光碟版。『新潮文庫の100 冊』（1995）則是可以在個人電腦（PC）上閱讀的電子書，但軟體附有檢索機能。

而日本各大報如《讀賣新聞》【『読売新聞』】已公開其自創刊以來的電子語料庫【ヨミダス歴史館】，我國各設有日語系的大學圖書館多半都可直接查詢，另如《朝日新聞》【『朝日新聞』】的電子語料庫【聞蔵】也有部分大學圖書館可查詢。日本最早的報紙，同時也是日本三大報之一的《每日新聞》【『每日新聞』】近年以 CD 光碟的方式逐年出版單年份的該報電子版，而在 2014 年 2 月所能利用的線上付費檢索系統（http://mainichi.jp/contents/person/02.html）最早僅能查詢該報至 1987 年的資料。另有【日英新聞記事対応付けデータ】是將《讀賣新聞》及其英文版 The Daily Yomiuri 以句爲單位對譯的日英語料庫。

【日本語母語話者コーパス CJEJUS】（Corpus of Japanese Essays Written by Japanese University Students）爲收錄日本大學生所寫的作文電子語料庫。線上【日本語学習者言語コーパス】中則包含日語誤用辭典【オンライン日本語誤用辞典】。【日本・韓国・台湾の大学生による日本語意見文データベース】則收錄日、韓、臺三地學生以日文撰寫的意見文。臺灣方面也有 LARP at SCU（Language Acquisition Research Project at Soochow University）、「台灣日語學習者語料庫」（CTLJ）等。

日本的言語資源協会【言語資源協会】（GSK）也提供一些包含辭典、報紙及音聲的電子語料庫。

另一方面，臺灣日治時期的許多日文資料近年也先後被整

理成電子版，如『臺灣日日新報』、『漢文臺灣日日新報』、『臺灣民報』、『臺灣時報』、『臺灣日誌』、『臺灣人物誌』、『日治時期期刊全文影像系統』、『日治時期圖書全文影像系統』、『臺灣醫學會雜誌資料庫』等。其中『臺灣日日新報』有「大鐸」和「YUMANI【ゆまに】」兩個版本，有時利用同樣的搜尋條件會有不同的搜尋結果，故可搭配使用。『漢文臺灣日日新報』則是抽取『臺灣日日新報』漢文版集結而成的。上述日治時期的電子語料庫對當時期日語浸透至臺灣的情形是極為重要的資料，部分大學圖書館可直接利用查詢。

　　此外，當大量的文字檔需做形態素解析時，可利用奈良先端科學技術大學等開發的 ChaSen【茶筌】、MeCab【和布蕪】或【チュウ太の道具箱】等。

　　也有一些研究是直接利用如 google、yahoo 或 http://www.goo.ne.jp/ 等來蒐集所需用例加以討論的❺。

　　目前包含日本國立國語研究所等機構仍持續建構更大規模、可應不同需求而更好操作的語料庫❻，因此可多留意這方面的未來發展，相信可以成為日本語學相關研究的更佳利器。

---

❺ 如杉村泰（2014）等。

❻ 如日本國立國語研究所 2011 年度起開始計畫花 6 年的時間將 Web 為母集團，建構 100 億語規模的超大語料庫（小椋秀樹（2014：14）。）。而【日本語学習者による日本語作文と、その母語訳とのデータベース】也已於 1999 年開始著手，已有部分以 CD 等方式公開，2014 年 7 月的時間點尚在進行各種改良。

第 ❷ 節　利用統計（計量）的研究例

　　目前已有相當多的研究是利用上述的語料庫❼，以下舉幾個具體的例子。

　　黃英哲（2012）利用【KY コーパス（第二言語としての日本語学 習 者の話し言葉）】）等資料分析日語的【まあ】，是利用音聲語料庫在談話分析上的研究例子。

　　賴錦雀（2013）以日語語料庫【現代日本語書き言葉均衡コーパス】中所抽取的次元形容詞、力量形容詞、輕重形容詞所組成「形容詞＋名詞」的詞組為討論對象，以認知語言學的角度探討日語的程度表現，同時提供中譯的參考。

　　吳秦芳（2013）以語用論角度分析【日本語話し言葉コーパス】自由對話中出現的【けど】。

　　蔡豐琪（2013）以認知的角度探討日、中名詞「蟲」（【虫】）的多義構造時，也利用了日中多種語料庫來蒐集用例。

　　蔡珮菁（2013）以量化分析手法探討日語讀解教材、論說文及漫畫的語彙特徵。具體以語種、詞性、高頻度詞、相似度等觀點探討三者的異同。結果得知「相似度」的分析顯示讀解教材與論說文的語彙相似度最高，讀解教材與漫畫次之，論說文與漫畫間的相似度最低。

---

❼ 其他較新的日本方面的研究成果可參考小椋秀樹（2014）、柏野和佳子（2014）等。

1. 請選取幾首自己喜歡的日語歌曲的歌詞爲語料庫，分析其間的語種分佈，並與日本雜誌用語的語種分佈做比較。

2. 請選取幾首自己喜歡的日語歌曲的歌詞爲語料庫，分析其間的【愛_{あい}】一詞分別是怎樣的「愛」。

延伸課題

1. 請以自己學習過的一本日語教課書為語料庫，分析其間的語種、詞類分佈，並列出【高頻度語<ruby>高<rt>こう</rt>頻<rt>ひん</rt>度<rt>ど</rt>語<rt>ご</rt></ruby>】。

2. 請從日文報章的政治、經濟、體育、影劇等至少三種不同性質的版面報導文章為語料庫，列出其間的【<ruby>広<rt>こう</rt>範<rt>はん</rt>囲<rt>い</rt>語<rt>ご</rt></ruby>】。

參考文獻暨延伸閱讀 （語言別／年代順）

● 中文

▸ 黃淑妙（2014）「線上日語寫作輔助學習系統之開發與公開」《台灣日語教育學報》22、pp. 266-285.

▸「台灣日語學習者語料庫」（CTLJ）（http://corpora.flld.ncku.edu.tw/user/login.php）（2014.7.9）

● 日文

▸ 中村明編（2001）『現代日本語必携』學燈社

▸ 飛田良文・佐藤武義（2001）『現代日本語講座　第 1 巻　言語情報』明治書院

▸ アークアカデミー編（2002）『合格水準　日本語教育能力検定試験用語集　新版』凡人社

▸ 伊藤雅光（2002）『計量言語学入門』大修館書店

▸ 陳志文（2005）「男性誌と女性誌に見られる文体特性の相違―「論理的」と「感性的」」『計量国語学』25(1)、pp. 32-45.

▸ 陳淑娟・許夏珮・王淑琴（2007）「学習者言語のコーパスの構築に向けて―LARP at SCU を例として―」『銘傳日本語教育』10、pp. 147-167.

▸ 田島ますみ・深田淳・佐藤尚子（2008）「語彙多様性を表す指標の妥当性に関する研究：日本人大学生の書き言葉コーパスの場合」『中央学院大学社会システム研究所紀要』9(1)、pp. 51-62.

‣石川慎一郎・前田忠彦・山崎誠（2011 初版三刷）『言語研究のための統計入門』くろしお出版

‣王敏東・葉淑惠・仙波光明（2011）「新聞に見られる「カルチャーショック」」『徳島大学国語国文学』24、pp. 139-154.

‣萩野綱男・野田村忠温編（2011）『講座 IT と日本語研究 5　コーパスの作成と活用』明治書院

‣竹内理・水本篤（2012）『外国語教育研究ハンドブック―研究手法のより良い理解のために―』松柏社

‣石川慎一郎（2012）『ベーシックコーパス言語学』ひつじ書房

‣陳志文（2012）『現代日本語の計量文体論』くろしお出版

‣黄英哲（2012）「「まあ」の使用傾向の分析―より良い会話指導上の記述のために―」『台大日本語文研究』24、pp. 227-258.

‣李在鎬・石川慎一郎・砂川有里子（2012）『日本語教育のためのコーパス調査入門』くろしお出版

‣蔡珮菁（2013）「日本語読解教科書・論説文・漫画データに基づく計量的な語彙調査―異なるテクストタイプにみられる語彙特徴を中心に―」『台灣日本語文學報』33、pp. 173-197.

‣蔡豐琪（2013）「日中両語における名詞「虫」の多義構造」『東吳日語教育學報』40、pp. 97-121.

‣前川喜久雄（2013）『講座日本語コーパス 1　コーパス

入門』朝倉出版

▶呉秦芳（2013）「話し言葉における「けど」の考察―「形式」、「語用論的機能」、「ポライトネス機能」に注目して―」『台灣日本語文學報』34、pp. 279-303.

▶賴錦雀（2013）「日本語の程度表現―形容詞の非典型的用法を中心に―」『台灣日本語文學報』33、pp. 125-150.

▶小椋秀樹（2014）「研究資料（現代）」『日本語の研究』第 10 巻 3 号、pp. 13-16.

▶杉村泰（2014）「コーパスを利用した複合動詞「V1-抜く」と「V1-抜ける」の意味分析」『名古屋大学言語文化論集』第 35 巻第 1 号、pp. 55-68.

▶柏野和佳子（2014）「語彙（理論・現代）」『日本語の研究』第 10 巻 3 号、pp. 41-48.

▶半沢康（2014）「数理的研究」『日本語の研究』第 10 巻 3 号、pp101-106

▶王敏東（2014）「和製英語「デパート」考」『或問』26、pp.45-57.

▶伊集院侑子『日本・韓国・台湾の大学生による日本語意見文データベース』（http://www.tufs.ac.jp/ts/personal/ijuin/koukai_data1.html）（2014.7.24）

▶『青空文庫』（http://www.aozora.gr.jp/）（2014.2.9）

▶『日英新聞記事対応付けデータ』（http://www2.nict.go.jp/univ-com/multi_trans/member/mutiyama/jea/index-ja.html）（2014.7.24）

▶『オンライン日本語誤用辞典』（http://cblle.tufs.ac.jp/llc/

ja/index.php?menulang=ja）

▶ 『聞蔵』（https://database.asahi.com/library2/）（2014.2.9）

▶ 『国会会議録』（http://kokkai.ndl.go.jp/）（2014.7.9）

▶ 国立国会図書館『近代デジタルライブラリー』（http://kindai.ndl.go.jp/）（2014.7.8）

▶ 計量国語学会（http://www.math-ling.org/）（2014.2.9）

▶ 言語資源協会（GSK）（http://www.gsk.or.jp/）（2014.2.9）

▶ 国立国語研究所「近代語のコーパス」（http://www.ninjal.ac.jp/corpus_center/cmj/taiyou/）（2014.7.8）

▶ 国立国語研究所『現代雑誌九十種調査』（http://db3.ninjal.ac.jp/publication_db/item.php?id=100170021）（2014.7.8）

▶ 国立国語研究所『現代日本語書き言葉均衡コーパス（BCCWJ）』（http://www.ninjal.ac.jp/corpus_center/bccwj/）（2014.2.9）

▶ 国立国語研究所『複合動詞レキシコン』（http://vvlexicon.ninjal.ac.jp/）（2014.7.3）

▶ 国立国語研究所『日本語学習者会話データベース』（http://www.ninjal.ac.jp/corpus_center/bccwj/）（2014.7.10）

▶ 宇佐美洋「日本語学習者による日本語作文と、その母語訳とのデータベース」（http://www.ninjal.ac.jp/publication/catalogue/kokken_mado/04/05/）（2014.7.21）

▶ 国立国語研究所『日本語話し言葉コーパス』（http://www.ninjal.ac.jp/corpus_center/csj/）（2014.7.14）

▶ 国立国語研究所『日本語歴史コーパス』（http://www.ninjal.ac.jp/corpus_center/chj/）（2014.7.4）

- 『タグ付き KY コーパス』（http://jhlee.sakura.ne.jp/kyc/）（2014.4.12）
- 茶筌（http://chasen.naist.jp/hiki/ChaSen/）（2014.2.9）
- チュウ太の道具箱（http://language.tiu.ac.jp/index.html）（2014.2.9）
- 『毎日新聞』（http://mainichi.jp/contents/person/02.html）（2014.2.9）
- 「BTS による多言語話し言葉コーパス」（http://www.tufs.ac.jp/ts/personal/usamiken/corpora.htm）（2014.7.24）
- MeCab【和布蕪】（http://mecab.googlecode.com/svn/trunk/mecab/doc/index.html）（2014.2.11）
- NINJAL-LWP（http://nlb.ninjal.ac.jp/）（2014.7.2）
- 『ヨミダス歴史館』（https://database.yomiuri.co.jp/rekishikan/）（2014.2.9）

第十章　語言、文化、腦與認知

第 一 節　異文化溝通

文化與溝通關係緊密，人們若在共有的精神文化、行動文化等基礎上進行溝通，通常會順暢易行，但如果是不同文化背景的人們進行溝通，往往會產生誤解，甚至使得溝通不能順遂，這種情況稱之為異文化溝通代溝【異文化間コミュニケーション・ギャップ】。

造成異文化溝通代溝的原因有很多。比如在傳達事情時，是開門見山地直接表達，或是間接委婉陳述，在不同文化背景下成長的人們間可能就會形成分歧。

而在溝通事物的內容中可能也會包含各固有文化的世界觀、價值觀及信仰、理念等，這些也往往成為異文化溝通的代溝。

有時經由語言以外的形式也會成為異文化溝通的代溝，其中又可分為藉由音聲與非音聲的兩種方式。音聲訊息的傳達不僅止於說的內容，聲量的大小、音調的高低、速度及停頓等音聲上的特徵都承載了不同的訊息，這些聲量大小、音調高低、速度及停頓等音聲上的特徵稱作周邊語言【周辺言語；パラ言語】（paralanguage）[1]。

---

[1] 中文或有人稱作「副語言」。

非音聲的部分又可分爲和參與溝通當事人有關的，及和參與者所處物理環境有關的。前者比如和參與溝通當事人外在的特徵（膚色、髮色、服裝等）、身體接觸（本能的接觸及禮儀的接觸等）、動作（表情、姿勢等）、氣味（香水、古龍水等）等，後者環境的部分包含空間的使用（與人之間的距離、看人的視線角度等）、時間觀念等。

　　這些非語言非音聲的訊息若非各文化間普遍共通的，就極可能產生異文化溝通的代溝。以身體接觸而言，握手、擁抱，甚至親吻臉頰在歐美是公共場合成人間一般甚至正式的招呼禮儀，但在日本，打招呼或相互介紹基本上彼此是不會有身體上的接觸的。

　　另外，在空間的距離方面，若對方距離自己太近，可能會讓自己有壓迫感，感覺自己的領域空間被侵犯，但相對的，若對方離自己太遠，可能又會覺得對方對自己太冷淡漠不關心。舉個實際的例子，據說俄羅斯人與人對談時和對方的距離大約是15～25公分，但這樣的距離卻可能會讓日本人不自覺地想往後退❷。

　　當我們對他人的行動無法預測或理解時，可能就會產生文化衝擊【カルチャーショック】。文化衝擊是指進入異文化環境中，對於異文化中未知的價值觀、行動模式等產生的心理上的不安定或壓力。文化衝擊重者可能會對該文化產生否定拒絕的態

---

❷ 當然喜惡等心理上的條件也可能影響人與人空間的距離，但大體上各個文化在與人對談溝通時有一個基本的大概距離，而這種空間的距離的確會影響溝通的品質。

度，甚至產生食慾不振、頭痛、失眠等生理上的不適。

　　這種非語言的溝通通常是在正規教育體系裏面不會教授的。然而這些異文化間非語言溝通的差異卻常常是造成溝通的障礙，甚至引起誤會和摩擦，而這種誤會當事人往往很難查覺，當當事人日語越好時，給對方帶來的不悅感有時反而會更為強烈。

　　因此，在語言（日語）的教育上，我們建議適度教授日本的相關文化，尤其在與日本人相處時容易造成異文化間溝通障礙的部分應盡早安排在課程中，以避免不必要的誤解紛爭。

第 ❷ 節　腦與語言

　　自古以來人們就不斷在思考「語言藏在哪裏？」，現代科學進展瞭解主管思維、心智等的是腦【脳（のう）】，但是語言是由腦的哪個部位主控？經過怎樣的處理模式讓我們「聽得懂」、「能識字」，甚至「以口說或手寫傳達意念」呢？對腦與語言間關係的釐清很多是來自腦損傷的病症觀察，基本上可確定的是左腦是語言的優勢半球[❸]，即處理語言的所謂（大腦皮質的）語言中樞【言語野（げんごや）】（language center）位於左腦，其中布洛卡區【ブローカ】（Broca's area）處理語言訊息及產生話語，而韋尼克區【ウェルニッケ】（Wernicke's area）理解語詞意義，兩區塊間由神經相連接。比如城生陌太郎等指出人腦對於音聲是否為母語話者（native）所發出來的辨識只需花費不到 130ms（＝ 0.13 秒）的時

[❸] 僅為大多數人的狀況，且多為慣用右手的右利手【右利（みぎき）き】（right handed）。而所謂的左腦優勢，也不表示右腦完全不動。

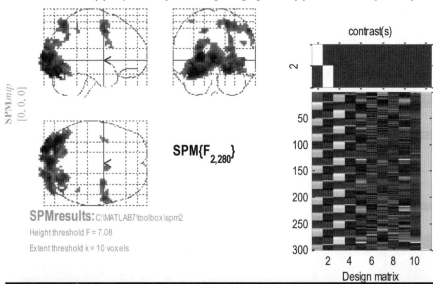

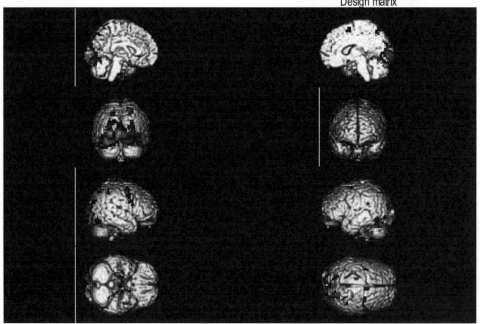

圖 1-1　以 fMRI 觀測中文母語話者在看到數理方程式課題時的腦部活動例

間，亦即人對於母語的音聲特質具有極高之敏銳神經。近年利用MEG、EEG、PET、NIRS、ERP，甚至 fMRI 等測試設備讓我們可以觀察腦處理語言相關課題時的反應^❹，不過實際操作上需相當的專業知識及技術，通常所需花費不貲，另外在關涉到人體的實驗部分，需經過倫理審查^❺。

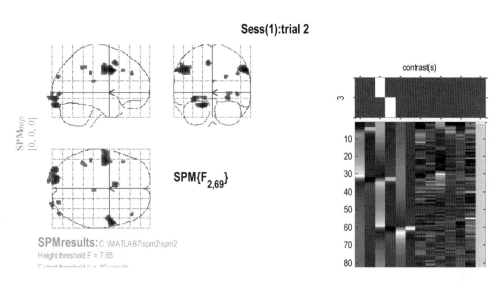

圖 1-2　以 fMRI 觀測中文母語話者在看到漢字課題時的腦部活動例

　　由目前腦科學的研究進展成果而言，尚無法直接證實如何有效地學習外語^❻，另外，關於母語習得與外語習得間的關係也

---

^❹ 近年，腦神經科學中對於包含腦機能學的總稱或有稱為認知神經科學
　（Cognitive Neuroscience）的領域。

^❺ 倫理審查的申請通常也需金錢的花費。

^❻ 如 OECD 及日本神經科學學會即呼籲勿擴大解釋（腦相關）研究成果，
　民眾也不要輕易相信冠有「腦」云云的宣傳。

不明朗。

　　全球關於腦的研究以歐美爲主導，學術研究的發表以英文的爲多。日本有山鳥重、橫山悟等的相關著作。我國則有曾志朗、洪蘭等的系列研究。

第 三 節　認知

　　相對於前述傳統國語學（或語言學）中對語言先定義規範語言單位的語、句等，認知語言學【認知言語学】的基本立場是注重「我們是如何理解認識世界」的。有關於「我們是如何理解認識世界」的，傳統的主流方式可能是「抽出共通點，分類整理，再分爲幾個組別」，但如此的歸類方式有時未必能夠清楚圓滿地做最好的分類。比如對於西瓜、橘子等是「水果」這樣的歸類，大家應該都沒有什麼異議，但是蕃茄呢？或許有人會認爲蕃茄是「蔬菜」，但不可否認的，蕃茄的一些性質似乎也很接近「水果」。又比如，當我們想到「鳥」時，腦中應該會浮現「有翅膀」、「在空中飛翔」、「尖尖的嘴」、「腳很細」等等所謂「鳥」的特徵，若具備上述這些「鳥」的典型特質，我們就可說那是「鳥」的原型（或稱基本形）【プロトタイプ】（prototype）[7]，比如鴿子、麻雀，我們很自然地會認爲牠們是「鳥」，但「雞」在「在空中飛翔」這一點上就與原型有相當的差距，而「鴨子」或「鵝」的嘴則不是那麼尖，鵜鶘的嘴就更不像典型的鳥嘴了，另外如企鵝，可能需要經過知識的學習得知其爲鳥類，否則小孩子可能很

---

[7] 最早提出原型理論的是 1970 年代的 Eleanor Rosch。

難直接將其歸類至「鳥」類。像這種由「原型」、「非常接近原型」、「不是那麼接近原型」，一直到非常邊緣的階層性，即是原型的範疇【カテゴリー】（category）觀。

圖 2　各種鳥的示意圖

　　語言學家喬姆斯基❽【チョムスキー】（Avram Noam Chomsky）將語言能力定位為「生物的特性」，認為其是存在於腦內的一個組件（module），如此一來，使得語言學成為生物學、心理學的下位分類，因此，他的理論對生物學、心理學都造成相當的影響。但有學者對喬姆斯基的假說持反對的立場，如雷可夫❾【レイコフ】（George Lakoff）即批判喬姆斯基的生成文法

---

❽ 或有譯作「杭士基」、「瓊斯基」的。
❾ 或有譯作「萊科夫」的。

【生成文法】，生成文法認為語言能力與知覺、運動感覺、形成意念（image）、視點的投影、範疇（category）化等相關，是獨立於我們一般的認知能力之外的自律的機制（module），但認知語言學的觀點（paradigm）認為所謂的語言能力是藉由一般的認知能力而來，也就是說，我們一般的認知能力與語言能力密不可分，如果完全漠視認知能力而企圖架構語言能力，那是絕對不可能的。雷可夫認為語義學應以「人」為本，以「人體」為本，他認為人類與世界的相互作用是理解所有事物的基礎及關鍵所在，認知語言學的核心思想在於體驗性。

雷可夫除從人腦結構、語言的神經理論出發外，更著眼於我們日常有意無意間經常使用的「比喻」【比喻】，形成了認知語言學的雛型[10]。雷可夫對比喻的研究發現給語言學甚至哲學研究都帶來重大改變。比喻主要分為直喻【シミリ】（simile）、隱喻【メタファー】（metaphor）、提喻【シネクドキ】（synecdoche）及換喻（或稱轉喻）【メトニミー】（metonymy）。

隱喻是找出兩個事物或概念間的類似性，以表示其中一方的事物或概念來表示另一方事物或概念的一種比喻。比如日文的荷包蛋【目玉焼き】（眼球【目玉】＋煎【焼き】的複合詞），是早餐中常見的，當日本人說【朝ご飯はパン、目玉焼きにミルクだ。】（早餐是麵包、荷包蛋和牛奶。）時，我們並不會以為

---

[10] 雷可夫自 1963 年起從事生成語義學的研究，但後來發現許多用該理論無法圓滿解釋的語言現象，因而轉向批判，終致 1974 年完全放棄該方向並尋找其他理論解釋。

早餐中有一道是「煎眼珠」，因爲大家都可以理解那是比喻形容蛋黃的部分圓圓大大的外形，這就是一種隱喻。另外比如，【日本語学科の学生にとって日本語は就職の大きな利器となる。】（對日語系的同學而言，日文是就業時的一大利器。），句中的【利器】並非眞正的刀槍等鋒利的武器，而是著眼於「爭戰時使用的自保或攻擊的道具」、「有助自己競爭」的性質，以表達「日語是未來活躍於職場上對自己有利的能力」，這是隱喻抽象概念的例子❶。

提喻是指以原先較具一般意義的表現形態來表達較特殊侷限的意義，或以原先較特殊侷限意義的表現形態來表達較具一般性廣泛的意義。比如日文的賞月【月見】並不單純僅指【月を見る】（看月亮），而是欣賞月圓的滿月，尤其特指農曆中秋八月十五及次一個月九月十三日（【十三夜】）的滿月，這是「以原先較具一般意義的表現形態來表達較特殊侷限的意義」的例子。另外比如，結婚前常會被問到的「愛情與麵包哪個重要？」【愛とパンと、どちらが大切か。】中的「麵包」【パン】並不單指「於麵粉中加水、酵母等調勻，捏成麵糰，待發酵後烘烤而成」的食品❷「麵包」，而是泛指賴以糊口維生的基本生計，這是「以

---

❶ 其中對於將職場比喻爲戰場也是一種隱喻。

❷ 《教育重編國語辭典　修訂本》（http://dict.revised.moe.edu.tw/cgi-bin/newDict/dict.sh?cond=%C4%D1%A5%5D&pieceLen=50&fld=1&cat=&ukey=-2141994876&serial=1&recNo=0&op=f&imgFont=1）（2014.2.7）。

原先較特殊侷限意義的表現形態來表達較具一般性廣泛的意義」的例子。

換喻基本上是基於兩個事物或概念的鄰接性或思考上概念上的關連性，以其中的一個事物或概念來表達另一個事物或概念。比如某位妙齡女子表示不希望自己的結婚對象是光頭，她可能會說【禿と結婚したくない。】，當然她不喜歡的不只是「光的頭」，而是指「光頭的人」，即以部分（「光頭」【禿】）來表示全體（「人」【人】），這是一種換喻的表現❸。另如某位村上迷說「我最近每天都在看村上春樹。」【最近毎日のように村上春樹を読んでいる。】，當然這位村上迷並不是就著村上春樹這個人每天仔細地打量端詳，而是指他每天都在閱讀村上的作品，這也是一種換喻。對於換喻的相互理解很重要的是基於參照點能力【参照点能力】（reference-point ability），所謂的參照點能力是指當我們企圖指稱某個難以直接表現的對象（目標）時，藉由指稱物週邊某個較明顯易掌握的事物（參照點）來呈現的認知能力，比如「因天氣熱，所以讓電扇一直轉。」【暑いので、扇風機を回している。】，句中一直轉的不是整個電扇，而是電扇的一部分（「扇葉」），而我們在語言表現上不用刻意去說「讓電扇葉一直轉」就可以了解，就是基於參照點能力。

---

❸ 以部分表示全體的空間鄰接關係。

總結以上，根植於類似性的是隱喻，意思延伸的是提喻，除此之外的關聯性都可歸為換喻。而從認知語言學的角度來看，範疇擴展的主要途徑是換喻與隱喻。

第 四 節　小結與展望

工藤節子（2008）曾以在臺日系企業工作之日臺人士 169 人為對像，調查他們在工作上各自感受到的日臺間溝通上的差異，結果得知兩國人在道歉、拒絕、說明等方面語言表達的不同外，也有如因勞動觀、被要求之行為模式的差異而引發的認知不同及誤解。此種具體事例的調查對兩國人民彼此的認識非常有幫助。

相對現代醫學對於消化系統、循環系統等或如心臟、肺臟等某個器官的認識與了解，人們對於腦的運作還有許多不明之處。一些新的腦與語言的研究仍不斷在進行。

而在認知方面，雷可夫在二十一世紀初時曾預言 2004 年起的十年將有大量神經語言學（neurolinguistics）的研究成果出現，並認為中國的認知語言學研究可以立足於自己的國家、民族、文化，探索比較不同文化中認知系統的異同。這或許值得各不同文化背景的認知語言學者為重要研究的參考方向。而在日語學習方面，已有如【『日本語多義語学習辞典』】等以認知的方式來呈現編寫的書籍[14]，我國有中譯本的出版。

---

[14] 有動詞、名詞、形容詞、副詞等篇章，以單字為單位編寫，並佐以圖片說明。

1. 試評論標榜「左腦學外語」、「訓練左腦」的外語補習班宣傳之依據、（腦）科學及語言學上的證據及可信度。

2. 試以認知比喻的角度說明【CD を焼く】、【（作家として）数十年ペンで食べている。】、【きのう一日中ずっとテレビを見ていた。】各為哪種類型的比喻。

1. 數十年前某位東京富商的女兒嫁到臺灣，某天她與夫婿到住家附近散步，看到高度及膝綠油油的植物覺得很漂亮，於是向丈夫提議弄一點到家裏的院子來種，丈夫聽了很驚訝，原來這位日本千金不認識稻子。試說明這位日本少婦對稻子【稻（いね）】的認知。

2. 請觀察彩虹有幾種顏色，我們常說的「紅、橙、黃、綠、藍、靛、紫」中的靛色是怎樣的顏色？再比較一下其他語言中對彩虹顏色的認知又是如何。

3. 試比較日本人的「笑」及你自己國人的「笑」的異同。

參考文獻暨延伸閱讀 （語言別／年代順）

● 中文

▶ 喬治・萊科夫（Goerge Lakoff）著；梁玉玲等譯（1984）《女人、火與危險事物——範疇所揭示之心智的奧秘（上）（下）》桂冠圖書

▶ 謝國平（1986 再版）《語言學概論》三民書局

▶ 吳又熙（1994）《應用語言學理論及其在外語教學上的功能研究》正中書局

▶ 顧海根（2000）《日本語概論》三思堂

▶ 平克（Pinker, Steven）著；洪蘭譯（2000）《語言本能：探索人類語言進化的奧祕》商周出版社

▶ 諾姆・杭士基（Noam Chomsky）著；吳凱琳譯《論自然與語言 杭士基語言學講演錄》商周出版社

▶ 雷可夫（George Lakoff）& 詹森（Mark Johnson）著；周世箴譯注（2006）《我們賴以生存的譬喻 Metaphors We Live By》聯經出版

▶ George Lakoff 主講；高远・李福印主編（2007）《乔治・莱考夫认知语言学十讲 TEN LECTURES ON COGNITIVE LINGUISTICS by George Lakoff》外语教学与研究出版社

▶ STANISLAS DEHAENE 著；洪蘭譯（2012）《大腦與閱讀》信誼基金出版社

▶ 《教育重編國語辭典 修訂本》（http://dict.revised.moe.edu.tw/）（2014.2.7）

● 日文

▶加藤彰彦・佐治圭三・森田良行（1989）『日本語概説』桜楓社

▶縫部義憲（1991）『日本語教育学入門』創拓社

▶山鳥重（1995）『ヒトはなぜことばを使えるか　脳と心のふしぎ』講談社

▶泉均（1999）『やさしい日本語指導9 言語学』凡人社

▶伊坂淳一（2000 初版5 刷）『ここからはじまる　日本語学』ひつじ書房

▶玉村文郎（2000 第10 刷）『日本語学を学ぶ人のために』世界思想社

▶縫部義憲（2002）『多文化共生時代の日本語教育　日本語の効果的な教え方・学び方』瀝々社

▶飛田良文・佐藤武義（2002）『現代日本語講座　第3 巻　発音』明治書院

▶角田三枝（2005 第二刷）『日本語クラスの異文化理解　日本語教育の新たな視点』くろしお出版

▶中村明編（2001）『現代日本語必携』學燈社

▶アークアカデミー編（2002）『合格水準　日本語教育能力検定試験用語集　新版』凡人社

▶佐治圭三・真田信治（2004）『異文化理解と情報』東京法令出版

▶重野純（2006）『聴覚・ことば』新曜社

▶工藤節子（2008）「台湾の日本企業関係者が見たコミュ

ニケーション問題」『台湾日本語文学報』19、pp. 221-
242.

▸藤田保幸（2010）『緑の日本語学教本』和泉書院

▸横山悟（2010）『脳からの言語研究入門』ひつじ書房

▸荒川洋平（2011）『日本語多義語学習辞典　名詞篇』ア
ルク

▸今井新悟（2011）『日本語多義語学習辞典　形容詞・副
詞篇』アルク

▸須田将昭（2011）『やさしい日本語指導 13 言語とコミュ
ニケーション』凡人社

▸森山新（2012）『日本語多義語学習辞典　動詞篇』アル
ク

▸森雄一・高橋英光編集（2013）『認知言語学　基礎から
最前線へ』くろしお出版

▸日本神経科学学会「「ヒト脳機能の非侵襲的研究」*
の倫理問題等に関する指針改定にあたっての声明」
（http://www.jnss.org/japanese/info/secretariat/100115.html）
（2014.1.29）

● 英文

▸Cummins, J. & M. Swain, Bilingualism in Education: Aspects
of theory, research and practice, Longman, 1986, pp. 81-83.

▸Wang, X.D., M.T. Wang & D.J. Lee, Neutroimaging study of
partial differential equation reading in brain. Journal of the
Chinese Institute of Chemical Engineers, 39, 2008, pp. 301-

305.

▸ Wang, X.D., M.T.Wang & D.J. Lee, Enhancing equation comprehension with index finger writing: An fMRI study, Journal of the Chinese Institute of Chemical Engineers, 39, 2008, pp. 489-493.

▸ Wang, X.D., M.T. Wang & D.J. Lee, Neutoimaging study of numbers, Chinese words, and English words reading in brain, Journal of the Taiwan Institute of Chemical Engineers, 41, 2010, pp. 73-80.

第十一章　語言教育

第 ❶ 節　語言習得

　　有些語言學家認為探究第一語言的習得（First Language Acquisition）有助於第二語言習得（Second Language Acquisition）機制的釐清。目前在語言的習得上，「Nature vs. Nurture」的論爭是一大主題，也就是說，語言到底是與生俱來的能力？抑或是受環境影響後天習得的？

　　基本上，小孩子在學會說話以前，都是經過與人（通常是父母）的溝通來做好說話的準備。不久後，發出聲音，先會說單語句，繼而兩個語詞的句子，然後發展成複雜構造的句子。這是不論任何母語的小孩都是一樣的。這個過程【プロセス】（process）與腦和身體的發達相連動。

　　20 世紀初主要盛行於美國的行動主義（behaviorism），採取經驗主義的立場，對語言學及語言教育帶來莫大的影響。行動主義重視學習者的經驗，也就是外在的因素。他們認為人的學習和動物一樣，是不斷重複「刺激→反應」，進而形成習慣而來的。他們定義語言技能（skill）是「藉由學習而獲得的行動」。他們認為語言的學習大體上可分為三種類型，一是比如當我們聽到「糖果」的音聲刺激，口中自然就會產生甜味的生理反應。二是「道具的條件」【オペラント条件付け】（operant conditioning），比如母親餵食小孩時口中說著「milk」，小孩就

會學著說「milk」，久而久之小孩就會知道說「milk」，母親就會給他，因而形成一種報償獎勵（reward）。第三種則是模仿。行動主義心理學也影響到第二語言的學習觀，之後並產生了中間語言【中間言語】（ちゅうかんげんご）（interlanguage）的概念，所謂的中間語言是指第二外語學習者在學習第二語言的途中產生的，既非第一語言，也不是目標語言，而是學習者獨自特有的，與目標語言間各種不同的內化語言能力體系❶。而這些理論也影響到外語教學法【教授法】（きょうじゅほう）。但大體上這一套行動理論後來受到不少批判。

　　比如語言學家喬姆斯基主張的是生得主義（nativist / innatist），他認為人生來具有「習得語言的裝置」（Language Acquisition Device：LAD），只要接受最小必要的資訊刺激【インプット】（input），就可以此為扳機（trigger），活化習得語言的裝置，進而在短期間內習得語言。由此「習得語言的裝置」（LAD）又導出所謂的普遍文法（Universal Grammar：UG）❷。

第 ② 節　雙語

　　雙語，日語稱作【二言語併用】（にげんごへいよう）或【バイリンガリズム】

---

❶ Selinker（日文譯作【セリンカー】）認為影響中間語言形成的五要素分別是 (1) 語言轉移、(2) 過剩一般化、(3) 訓練上的轉移、(4) 傳達策略（strategy）的使用、(5) 學習策略。

❷ 但如前章所述，後來也有一些不讚同喬姆斯基論調的意見。

（bilingualism），而使用雙語的人則稱作【バイリンガル】❸，對於雙語比較嚴格的定義是指自幼以兩種語言爲母語的人，但也有一些人從語言的發展階段，甚至從地域、空間的角度來定義。母語的習得通常需要長時間的語言刺激及學習，一般來講，起碼需要四、五年的時間才能建構好較完整的基礎，對於較複雜的構文及抽象概念的純熟掌握，可能還再多需十年的學習時間，此乃基於語言習得的臨界期【臨界期】假說（critical period hypotheses）❹。在母語發展尚未成熟的期間再學習另外的語言，有時可能會造成包含母語的兩種語言發展都不完全的情形，因此第二外語的學習可能不見得是越早越好。

　　傳統對於雙語的模型大體有兩種，一爲等位型【等位型】，即兩種語言各自是比較獨立的，這是基於兩個語言是各自獨立於腦中不同系統的假說，通常是兩個語言在不同時機狀況下習得的情形❺；另一種爲複合型【複合型】，即兩個語言是互相依存的，

---

❸ 或更多語言的多語【多言語併用；マルチリンガル】。相對的，只使用單一語言的日文稱作【モノリンガル】（Monolingual）。

❹ Lenneberg（1967）。腦神經生物學上認爲，人腦的發育與年齡有極大關係，當超過某個年齡，則對語言的學習衰退。而認知的角度則認爲，成人已具抽象分析的能力，較難「自然地」習得語言，而孩童還不太擅分析，因此能用習得母語的方式「自然地」習得第二語言。不過對於學習語言到底有無所謂的臨界期，學者間的意見尚有分歧。以第二語言的學習而言，有人認爲或許稱爲「敏感期」（sensitive period）較合適。

❺ 另外，跟等位型一樣兩種語言在不同時機狀況下習得，兩個語言各自以獨

這是基於兩個語言是在腦中同一部位記憶儲藏兩個語言的同一系統假說，通常是兩個語言在同時期同狀況下習得的情形❻。因此若階段性地學習兩種語言，比較容易形成的是等位型類型，若在相同的時間及場所同時學習兩種語言，比較容易形成複合型形態。但這僅是籠統的區分，部分研究顯示不斷累積隨著時間、場合而區別、選用語言，可能會趨向偏往某一類型的結構發展。甚至也有專注於維持第一語言（或第二語言）、或忘卻第一語言（或

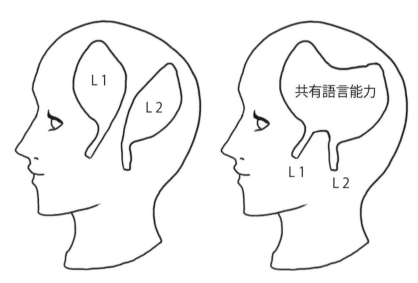

圖 1　等位型及複合型模型示意圖

立系統記憶儲存，但其中的一個系統明顯高於另一系統的，或又有人再將之分出稱作從屬型【從属型】。

❻【分離基底言語能力モデル】（Separate Underlying Proiciency: SUP model）及【共有基底言語能力モデル】（Common Underlying Proiciency: CUP model）。

第二語言）的語言喪失【言語喪失】（language attrition）的研究。
而有研究顯示母語能力的保持及延長是學習第二語言及認知發達
不可或缺的要素。

　　相對地，也有一些會兩種語言，但兩種語言都不是那麼精
煉純熟的人，日文稱之爲【セミリンガル】（semi-lingual）。
歐、美或東南亞有些地方實施雙語教育，但日語的雙語教育並不
盛行。

　　其實雙語並不侷限於語言的表象，還涉及當事人對於該語
言的認知，甚至認同等心理層面的問題，即所謂（身分）認同【ア
イデンティティ】（identity），身分認同對於語言選擇、國家
民族的自我認同及歸屬意識的形成有莫大的影響。

　　某個語言和另一個語言的相似度稱爲語言間的距離【言語
間の距離】，兩個語言間的距離越近（越相似），則越容易學習。
比如在 1985 年美國國務省培養外交官的 Foreige Service Institute
的資料中顯示，美國人要學會流利的日文起碼要花上 44 週的時
間，是在各個外語中難度最高的一級，比起相對最簡單的法語、
西班牙語等的 20 週高出了一倍以上的學習時間，另外在 2002 年
美國國防部外語學校公布的資料中，也是將日語列爲對美國人而
言學習難度最高的語言之一❼，此即顯示了英語與日語間的距離
是遙遠的。以下表 1 列出上述美國兩份資料的大要❽。

---

❼ Defense Language Institute。

❽ 表 1 整理翻譯自白井恭弘（2008：4-5）。而在 2010 年 Association of the
　United States Army 的資料（DLI's language guidelines）中，日文仍被列爲

表 1　語言間的距離例

1985 年美國國務省培養外交官之 Foreige Service Institute		2002 年美國國防部外語學校	
44 週	依索匹亞語（Amharic）、阿拉伯文、孟加拉語、保加利亞語、緬甸語、中文、捷克語、達利語、芬蘭語、希臘語、希伯來文、印地語、匈牙利語、日文、韓文、寮國話、菲律賓塔加拉族語（Tagalog）、波蘭文、俄文、塞爾維亞＝克羅埃西亞語、泰文、土耳其文	第 4 階（難度最高）	阿拉伯文、中文、日文、韓文
32 週	印尼文、馬來文	第 3 階	希臘文、希伯來文、波斯語、波蘭文、俄文、塞爾維亞暨克羅埃西亞語、泰文、土耳其文、烏克蘭文、越南文
24 週	南非語（Afrikaans）❾、丹麥語、荷蘭文、挪威語、葡萄牙文、羅馬尼亞文、斯華西里（Swahili）語、瑞典語	第 2 階	德文、羅馬尼亞文
20 週	法文、德文、義大利文、西班牙文	第 1 階	法文、義大利文、葡萄牙文、西班牙文

第 三 節　誤用分析

　　雖然譯自英語「Misuse」一詞的日語「誤用」【誤用（ごよう）】早在一百多年前出版的『哲学字彙』（【『哲学字彙（てつがくじい）』】）中就已經出現。但在語言學上，則是以 Corder, S.P.（1967）提示學習者

―――――――――――

難度最高的（與中文、韓文等同等級），需花 64 週的學習時間。

❾ 南非共和國的公用語之一，主要為當地荷蘭系白人使用，為 17 世紀以後移住當地的荷蘭人所帶入，故以荷蘭文為母體，並加入當地周邊的語言。

誤用的重要性而開啓了第二語言習得的研究。比如日文文獻『日本語誤用分析』（1997：3）所重視的「誤用」是特別針對學習者在學習第二外語時所犯的錯誤❿。『日本語百科大事典』（1993五版：1099）指出著眼於學習者所犯的錯誤，調查有哪樣的錯誤，究其原因，以求提高學習效果的學問即定義爲「誤用研究」或「誤用分析」⓫。『新版日本語教育事典』（2005：697-698）指出如何訂正誤用等對日本語學及日語教育均是有益的工作⓬，該書更明確誤用研究的目的可讓第二語言學習理論或日語文法理論更形專業理論化，對日育教育在分析評價誤用並應用在教材、評量、教授法甚至學習者自修等方面上能提供具體貢獻。

　　日本於 1970 年代開始盛行誤用分析的研究，以各種各樣的角度分析學習者在日語學習上的誤用相關書籍相繼問世，而我國

---

❿ 【誤用が問題になるのは、その言語を第二言語として学習する時である。「日本語の誤用」といえば、日本語話者のそれではなく、日本語学習者の誤用ということになる】。

⓫ 【学習者がおかす誤りに着目し、どんな誤りがあるかを調査し、その原因を探り、よりよい学習効果をあげようというのが、いわゆる「誤用研究」、あるいは「誤用分析」である】。

⓬ 【誤用研究は、学習者がおかす誤りについて、どのような誤りが存在するのか、どうして誤りをおかすのか、どのように訂正すればよいかなどを考え、日本語教育・日本語学などに役立てようとする研究である】、【第二言語習得理論や日本語文法理論として専門化される、理論的アプローチに向かう方向」と「日本語教育への貢献、つまり、誤用を分析評価し、教材・テスト作成、教授法への応用（資料の直接的利用）を考えることである】。

則大約自 1990 年代起才加入這個部分的研究領域，並出版相關的教材。

　　日本最早分析外國人學習日語時所犯的錯誤的研究用書約始見於 1980 年代，而更意識到日語學習及對日語教育提出建言的則有 1985 年的『誤用文の分析と研究―日本語学への提言―』。1990 年代以後，如『実例で学ぶ誤用分析の方法』（1994）、『日本語誤用分析（正・続）』（1997）、『日本語誤用例文小辞典（正・続編）』（1997 ～ 2000）等更多誤用相關的論著問世。而特別著眼中文母語話者的誤用分析論著則有『日本語教育のための誤用分析：中国語話者の母語干渉 20 例』（2001）等。另外，不少日語教材附屬的教師參考手冊等中也常涉獵常見學習者誤用的解析。

　　誤用分析上常常觀察得到來自學習者母語的影響，學習外語時所受到母語的影響稱作語言轉移【言語転移】（language transfer），語言轉移有正的轉移【正の転移】和負的轉移【負の転移】，負的轉移又稱爲（母語）干渉【（母語）干渉】。以中文爲母語的人而言，如【おいしいのケーキ】這種在形容詞修飾名詞時於形容詞後多添加的【の】，或如【薬を食べる】這種用錯動詞等的情形十分常見，另外如以爲日文【娘】爲中文「母親」之意等「望文生義」逕將中文意思直接擅套在日文裏，或如【緊張な人】等誤解詞類的情形也不少。前述有關日中同形異義語【日中同形異義語】的研究，已有如大河內康憲（1992）等

相當的成果，並有陳毓敏（2003）文獻回顧的整理。學習日語已相當長的時間，程度已達所謂「超高級」的日語學習者，有時仍會不經意地犯下如前述於形容詞後多餘添加【の】的情形，這種現象稱爲（誤用的）化石化【化石化{かせきか}】（fossilization）。對於母語干涉的矯正，通常由認識了解該語言的教師刻意地提醒學習者，能得到相當有效的結果。

林益泓（2009）曾整理 11 種市售誤用教材中舉出國人學習日語時常犯的錯誤層面，依序爲語彙、文法、表現、標記及發音。

語彙的誤用方面，若以詞類來分，國人常犯的依序爲「動詞」、「名詞」和「副詞」方面的錯誤。此點與鄧美華（2006）的調查結果相同。名詞的誤用中又以日中同形語及類義語的誤用爲多。根據朱京偉（2005：276-277）的研究，日中同形語的誤用主要出現在意義、語感和構文等幾個層面[13]。其實不少日中同形語的誤用是來自於學習者的「不求甚解」，太過度依賴對漢字的"直覺"，甚至從中文裏「擷取發明」一些日文沒有的語詞，如果勤查字典，應可減少不該有的錯誤。

類義語如有【音{おと}、声{こえ}】、【趣味{しゅみ}、興味{きょうみ}】、【原因{げんいん}、理由{ゆう}、わけ】等互相用錯的情形。

動詞的誤用中除類義語的誤用外，日語自動詞【自動詞{じどうし}】及他動詞【他動詞{たどうし}】的混淆不分也是國人常見的誤用。

文法的誤用如助詞【は】跟【が】的誤用、表示地點的

---

[13]「意味領域の差」、「喚情価値の差」、「構文機能の差」。

【で】、【に】跟【を】的誤用，條件表達的誤用，時態的誤用，或如授受、使役、被動的誤用等。

表現的誤用有如【お疲れさま】和【ご苦労さま】使用的時機和對象的不妥適等情形。

標記的誤用多起因於日文漢字與我國通用的文字未必完全一樣。比如中文的「淚」跟日文的【涙】僅一點之差，此外，日本人自創的所謂國字【国字；和字】，如【峠、躾】等是中文裏沒有的字，書寫時需小心留意。

發音的部分含長音、重音等。另外，鄧美華（2006）還指出國人對日語濁音的誤用很常見，村中恒仁（2006：154）則認為國人對半濁音、促音等的正確掌握也未見理想。

市川保子（2010）『日本語誤用辞典 外国人学習者の誤用から学ぶ日本語の意味用法と指導のポイント』中則將誤用分【脱落・付加・誤形成・混同・位置・その他】等6類來分析討論。

另外，如東京外國語大學望月圭子教授【望月圭子】等參與的「線上日語誤用辭典」【オンライン日本語誤用辞典】已公開於網路上，其間不少學習者實際的誤用例可供研究參考。

但學習者可能會對於自己沒把握的部分採取「回避」【回避】（avoidance）的方式，因此僅觀察學習者的誤用恐無法觀測到學習者語言的全貌，Schachter, J.（1974）即明確地指出了這一點，因此之後，對於學習者語言的分析開始由誤用分析轉往中間語言分析【中間言語分析】（interlanguage analysis）。

另外，對於日語學習不安的討論中有不少提到學習者的不安會來自擔心自己是否說錯日文（【誤用不安】）❶。

第 四 節　日語教育

　　本書在第一章即提到語言的研究有助於語學的教育，語學教育的實務根植於語學的理論基礎。同樣的，對於日本語學的了解認識，可直接讓日語教育受惠。

　　日本國際交流基金每隔幾年便會對全世界的日語教育狀況做調查。而日本交流協會則約每三年會對我國各級學校及補習班開授日語課程的狀況（含機構數、班級數、學習者數、教師數等）做普查。

　　每次報考及通過日本語能力測驗❶各級考試的人數是一窺全球學習日語人口成效的指標之一。

　　我國最早的日語教育，可追溯至日治時期。不過當時臺灣為日本殖民地（1895～1945年），所以當時對臺灣人的日語教育與現在性質不同，對於該時期日語教育的相關研究詳可見蔡茂豐（1988）、蔡錦雀（2002、2003）、江秀姿（2006）等。

　　我國的日語教師通常有日籍教師及臺籍教師，日籍教師對其母語日語有內省【內省】（retrospection）的能力，對於日語表現自然與否有較強的感受力，但若未受過相關日本語學或日語

---

❶ 如元田静（2005）、郭峻志（2010）、堀越和男（2010）、楊孟勳（2011）、
　王敏東・吳致秀（2014）等。

❶ 始於1984年。

189

教育學等的專業訓練，未必日本人個個都能當個稱職的日語教師。而臺籍教師通常自己有過漫長艱辛的日語學習經歷，比較能深刻感受外國人日語學習者在學習日語上所遭受的各種困惑及解決之道。日本有日語教育能力檢定【日本語 教 育能 力 檢定試驗】之資格考試⑯。

日語教育的課程設計【コース・デザイン】通常包含：(1)需求調查【ニーズ・レディネスなどの 調 查】、(2) 目標言語調查及目標使用調查、(3) 學習項目設計【シラバス・デザイン】、(4) 課程內容設計【カリキュラム・デザイン】、(5) 教授法、(6)設備、教具等。另外如教室活動、評量等都是日語教育關心的環節。

日本有日本語教育學會【日本語 教 育学会】⑰，我國有台灣日語教育學會，均定期舉辦各類日語教育相關的活動並出版學術刊物。另外如日本的國際交流基金【国際交 流 基金】也提供很多日語教育的支援。

第 五 節　小結與展望

小柳 kaoru 氏【小柳かおる】認爲與語言相關的各學問領域之間的相互關係如以下圖 1。

---

⑯ 始於 1988 年。

⑰ 1962 年成立，1977 年成爲社團法人，2013 年成爲公益社團法人。

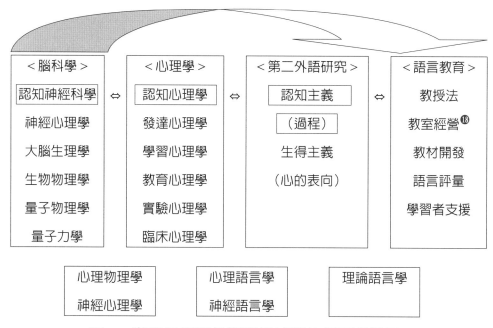

圖 1　與語言相關各學問領域間的相互關係圖

（譯自小柳かおる（2004：204））

　　比如 Mechelli, A. 等（2004）觀察 25 位幾乎完全不會外語的單語話者及 25 位早期雙語話者和 33 位晚期雙語話者的腦部，發現雙語話者的頂葉皮層的灰白質密度遠高於單語話者，表示人類大腦的結構可由獲得第二語言的經驗改變。此即為腦科學與第二外語研究相結合的例子。

---

⑱ 或又稱作「班級經營」。

1. 請自省觀察自己在學習日語的過程中曾出現哪些誤用的情形，是否其中有哪些已有化石化現象。

2. 小敏為 A、B 兩國的混血兒，從小即以父親母語的 A 語言及母親母語的 B 語言為母語，當小敏進入 A 國義務教育的小學起，就開始變得只願意講 A 語言（而不願講 B 語言），試說明小敏的（身分）認同【アイデンティティ】（identity）心態。

延伸課題

1. 試舉表示地點的【で】、【に】跟【を】的例子，並說明三者的不同。
2. 試思考對自己維持雙語能力的有效方法。
3. 試說明「中間語言分析」與「誤用分析」的不同。

參考文獻暨延伸閱讀 （語言別／年代順）

● 中文

▸ 吳又熙（1994）《應用語言學理論及其在外語教學上的功能研究》正中書局

▸ Miller, G.A. 著；洪蘭譯（2002）《詞的學問：發現語言的科學》遠流出版

▸ Chomsky, N.（杭士基）著；吳凱琳譯（2004）《論自然與語言》商周出版

▸ 朱京偉（2005）《日语词汇学教程》（北京）外语教学与研究出版社

▸ 雷可夫（George Lakoff）& 詹森（Mark Johnson）著；周世箴譯注（2006）《我們賴以生存的譬喻 Metaphors We Live By》聯經出版

▸ 鄧美華（2006）「日語誤用例語料庫之建立及整理分析—以技職院校應用日語系學生日語學習經驗五年（包含）以上學生之作文為主」國科會計畫（NSC94-2411-H-218-002-）報告

▸ 台灣日語教育學會（http://www.taiwanjapanese.url.tw/）（2014.2.15）

● 日文

▸ 井上哲次郎（1912）『哲学字彙』丸善

▸ 森田良行（1985（初版））『誤用文の分析と研究—日本語学への提言—』明治書院

‣蔡茂豐（1988）『台湾における日本語教育の史的研究——八九五年～一九四五年—』東吳大學日本文化研究所

‣芳賀純（1988）『言語心理学入門』有斐閣

‣大河内康憲編集（1992）『日本語と中国語の対照研究論文集（下）』くろしお

‣金田一春彦・林大・柴田武等編（1993 五版）『日本語百科大事典』大修館書店

‣水谷信子（1994）『実例で学ぶ誤用分析の方法』アルク

‣市川保子（1997）『日本語誤用例文小辞典』凡人社

‣明治書院企画編集部編（1997）『日本語誤用分析』明治書院

‣明治書院企画編集部編（1997）『続日本語誤用分析』明治書院

‣泉均（1999）『やさしい日本語指導 9 言語学』凡人社

‣市川保子（2000）『続・日本語誤用例文小辞典—接続詞・副詞—』凡人社

‣飛田良文・佐藤武義（2001）『現代日本語講座　第 1 巻　言語情報』明治書院

‣張麟声（2001）『日本語教育のための誤用分析—中国語話者の母語干渉 20 例—』スリーエーネットワーク

‣アークアカデミー編（2002）『合格水準　日本語教育能力検定試験用語集　新版』凡人社

‣蔡錦雀（2002）「日本植民時代の台湾公学校用国語読本の研究—第 5 期の『コクゴ』・『こくご』・『初等科國語』を中心に (2)—」『南台應用日語學報』2、pp. 143-164.

▶林玉恵（2002）「字形の誤用からみた日中同形語の干渉及びその対策—台湾人日本語学習者を中心に」『日本語教育』112、pp. 45-54.

▶白井恭弘（2003）「【講演録】第二言語習得論とは何か？」『第二言語習得・教育の研究最前線—2003 年版—』日本言語文化学研究会、pp. 2-16.

▶大関浩美・田内美智子・森塚千絵・遠山千嘉・佐々木嘉則（2003）「第二言語習得論とは何か？：白井恭弘講演録解説」『第二言語習得・教育の研究最前線—2003 年版—』日本言語文化学研究会、pp. 17-30.

▶蔡錦雀（2003）「サ変動詞の未然形についての一考察—日本植民地時代の台湾公学校用国語読本を中心に—」『南台應用日語學報』3、pp. 129-146.

▶陳毓敏（2003）「中国語を母語とする日本語学習者における漢語習得研究の概観：意味と用法を中心に」『第二言語習得・教育の研究最前線—2003 年版—』日本言語文化学研究会、pp. 96-113.

▶小柳かおる（2004）『日本語教師のための新しい言語習得概論』エリーエーネットワーク

▶佐治圭三・真田信治（2004）『異文化理解と情報』東京法令出版

▶元田静（2005）『第二言語不安の理論と実態』渓水社

▶白井恭弘（2005 第三刷）『外国語学習に成功する人、しない人　第二言語習得論への招待』岩波書店

▶日本語教育学会（2005）『新版日本語教育事典』大修館

書店

▸江秀姿（2006）「『國民讀本參照國語科話方教材』の一考察―初版巻一・巻二を中心に―」『東呉日語教育学報』29、pp. 1-28.

▸古川聡・福田由紀（2006）『子どもと親と教師をそだてる　教育心理学入門』丸善株式会社

▸村中恒仁（2006）『台湾人の日本語誤用例の研究―文法・国民性・生活習慣的見地から―』中国文化大学日本研究科修士論文

▸白井恭弘（2008）『外国語学習の科学――第二言語習得論とは何か』岩波新書

▸王敏東・林益泓（2009）「教材における誤用関係の位置付け―台湾の場合」『アジア・オセアニア地域における多文化共生社会と日本語教育・日本研究　会議録　第一部』、pp. 303-309.

▸王敏東・林青璇（2009）「台湾人初級日本語学習者の作文に見られる格助詞の誤用について―「が」「で」「に」「を」を中心に―」『アジア・オセアニア地域における多文化共生社会と日本語教育・日本研究　会議録　第一部』、pp. 435-440.

▸呉佳蓁・王敏東（2009）「台湾人日本語学習者の作文に見られる格助詞の誤用について―初・中級学習者における調査―」『日本語教育研究』55、pp. 58-74.

▸林益泓（2009）『台湾における誤用関係の教材の一考察』銘傳大学応用日本語学科修士論文

▸市川保子（2010）『日本語誤用辞典 外国人学習者の誤用から学ぶ日本語の意味用法と指導のポイント』スリーエーネットワーク

▸大関浩美著；白井恭弘監修（2010）『日本語を教えるための第二言語習得論入門』くろしお出版

▸郭峻志（2010）『台湾における第二言語不安の実態と日本語学習：学習者の自効力感を通して捉える』淡江大学日本語学科修士論文

▸白畑知彦・若林茂則・村野井仁（2010）『詳説　第二言語習得研究』研究社

▸佐々木嘉則（2003）『今さら訊けない…　第二言語習得再入門』凡人社

▸堀越和男（2010）「動機づけと第二言語不安が日本語学習の成果に与える影響─台湾の日本語学科で学ぶ学習者を対象に─」『台湾日語教育学報』15、pp. 127-156.

▸須田将昭（2011）『やさしい日本語指導 13 言語とコミュニケーション』凡人社

▸楊孟勲（2011）「台湾の日本語主専攻学習者の学習困難度と継続ストラテジーとの関連」『人間文化創成科学論叢』14、pp. 147-155.

▸王敏東 ・ 呉致秀（2014）「科技大学応用日本語学科の学生の日本語不安に関する一考察─学習者の背景による違いを中心に─」『臺灣日本研究』8、pp. 1-50.

▸アルク「二つ目の言葉、どう身につける？」（http://www.alc.co.jp/jpn/teacher/michi/05.html）（2014.2.15）

▶オンライン日本語誤用辞典（http://cblle.tufs.ac.jp/llc/ja/index.php?menulang=ja）（2014.2.15）

▶国際交流基金（http://www.jpf.go.jp/j/）（2014.2.15）

▶日本語教育学会（http://www.nkg.or.jp/）（2014.2.15）

● 英文

▶Corder, S.P. The significance of learner's erros, International Review of Applied Linguistics, 4, 1967, pp. 161-170.

▶Lenneberg, E.H. Biological Foundations of Language. New York: Weley, 1967

▶Selinker, L. Interlanguage, International Review of Applied Linguistics, 10, 1972, pp. 209-231.

▶Gardner, R.C. & W.E. Lambert, Attitudes and Motivation in Second-Language Learning, USA: Newbury House, 1972

▶Schachter, J. An error in error analysis, Language Learning, 24, 1974, pp. 205-214.

▶Cummins J. & M. Swain, Bilingualism in Education: Aspects of theory, research and practice, New York: Longman, 1986

▶Odlin, T. Language Transfer, Cambridge; New York: Cambridge University Press, 1989

▶Mechelli, A., J.T. Crinion, U. Noppeney, J. O'Doherty, J. Ashburner, R.S. Frackowiak & C.J. Price, Structural plasticity in the bilingual brain- Proficiency in a second language and age at acquisition affect grey-matter density., Nature, 431, 2004, p. 757.

▸ Bialystok, E., F.I.M. Craik & M. Freedman, Bilingualism as a protection against the onset of symptoms of dementia, Neuropsychologia, 45, 2007, pp. 459-464.

▸ DLI's language guidelines（http://www.ausa.org/publications/ausanews/specialreports/2010/8/Pages/DLI%E2%80%99slanguageguidelines.aspx）（2014.3.8）

後記

　　語言的學問浩瀚無垠，我們與語言那麼地貼近，但語言卻仍有那麼多神秘未解之謎。

　　慶幸有如此的機會將語言各個面向做一整理與介紹，在整理的過程中，彷彿與各時期及各領域的語言相關學者交流一般，再度重新認識他們的語言觀察體會與觀點，也感恩他們留給後人那麼豐富多元的研究成果。每個學理的發展都有其時代背景與階段性，新學理的產生固然有其嶄新的視角與劃時代的貢獻，但卻未必全然否定既有的理論，也或許正因如此，用最先進的電子資料系統來處理古典的文獻、用高科技的儀器設備窺探語言的深層本質（如音聲或人腦），古今新舊反差如此大的組合卻可以如此迷人。

　　本書的順利完成除要再度感謝本書在「前言」中提示的諸位老師、專家、同仁與工作夥伴外，也要感謝在日本語學上耕耘多年並留有各種語學相關豐厚業績的先進，他們帶領我們一探日本語學的美與深奧，也讓我們了解語學仍是可再深究的寶庫，有些我們得以直接放在本書各章「參考文獻與延伸閱讀」中，有些或因作者的

才疏學淺或努力不夠未幸親覽而成遺珠之憾，仍望各界
惠予指教。

王敏東
2015 初春 於臺北

中文索引（筆畫順）

1～5畫

16 ～ 20 畫

學習目標語言【目標言語】（target language）（第一章）

學習項目設計【シラバス・デザイン】（第十一章）

諺語【諺】（第八章）

選擇【選択】（第六章）

聲門【声門】（glottis）（第二章）

聲帶【声帯】（vocal cords; vocal folds）（第二章）

臨界期【臨界期】假說（critical period hypotheses）（第十一章）

謙讓語【謙讓語】（第八章）

隱喻【メタファー】（metaphor）（第十章）

隱語【隱語】（第四章）（第七章）

職業語【職業語】（第四章）（第七章）

轉換【転換】（第六章）

雙語【二言語併用；バイリンガリズム】（bilingualism）（第
十一章）

辭書【辞書；辞典；字引き】（第四章）

類義語【類義語】（第四章）

類義關係【類義関係】（第四章）

21～25 畫

日文索引 （50 音順）

219

中間語言【中間言語】（interlanguage）（第十一章）

中間語言分析【中間言語分析】（interlanguage analysis）（第
十一章）

構音音聲學【調音音声学】（articulatory phonetics）（第二章）

調音點【調音点】（point of articulation）（第二章）

聽覺音聲學【聴覚音声学】（auditory phonetics；Perceptual
phonetics）（第二章）

喬姆斯基【チョムスキー】（Avram Noam Chomsky）（第十章）

陳述副詞【陳述副詞】（第五章）

程度副詞【程度副詞】（第五章）

丁寧語【丁寧語】（第八章）

轉換【転換】（第六章）

時【テンス】（Tense）（第五章）

等位型【等位型】（第十一章）

唐音【唐音】（第三章）

同音異義語【同音異義語】（第四章）

統語論【統語論；シンタクス】（syntax）（第五章）

ま行

國家圖書館出版品預行編目資料

日語語言學概論／王敏東著.
— 初版. — 臺北市：五南, 2015.05
　　　面；　公分.
ISBN 978-957-11-8073-1（平裝）

1. 日語　2. 語言學

803.1　　　　　　　　　　104004226

1AH6

日語語言學概論

作　　者 — 王敏東

發 行 人 — 楊榮川

總 編 輯 — 王翠華

主　　編 — 朱曉蘋

封面設計 — 劉好音

出 版 者 — 五南圖書出版股份有限公司

地　　址：106台北市大安區和平東路二段339號4樓

電　　話：(02) 2705-5066　傳　　真：(02) 2706-6100

網　　址：http://www.wunan.com.tw

電子郵件：wunan@wunan.com.tw

劃撥帳號：01068953

戶　　名：五南圖書出版股份有限公司

台中市駐區辦公室/台中市中區中山路6號

電　　話：(04) 2223-0891　傳　　真：(04) 2223-3549

高雄市駐區辦公室/高雄市新興區中山一路290號

電　　話：(07) 2358-702　傳　　真：(07) 2350-236

法律顧問　林勝安律師事務所　林勝安律師

出版日期　2015年5月初版一刷

定　　價　新臺幣300元